作家出版社 & 悬疑世界（上海浩林文化传播股份有限公司）

命运有无限种可能

罗生门玫瑰

【德】英格丽特·诺尔 著

双木 译

作家出版社

目录 *Contents*

第一章 玫瑰

　　透明的高脚玻璃杯内，插着一束粉白相间的玫瑰，里面混着一枝矢车菊、一枝水仙花、一枝花瓣微微泛着红色的郁金香和一朵小巧的三色堇，周围还点缀着几朵茉莉花。绿色的花茎和几片叶子透过玻璃杯，映出一片浅绿色的水光来。那是一幅极美的画，在暗色背景的衬托下，花儿显得格外鲜艳生动。它们或朝向左边，或朝向右边，姿态各异，有的高昂着怒放，有的藏在其他花朵身后，只露出几片艳丽的花瓣来，令人浮想联翩。在这之中，唯有一朵小小的花蕾最为特殊。那是一朵蔫蔫的玫瑰花，低垂着脑袋，似乎是害羞，也似乎是怯懦，想要躲到最下面的角落里去。

　　我惯常喜爱红玫瑰，它们在我生命里占据着不可替代的地位。但在这幅画中，我却格外喜欢这朵小小的花蕾。淡黄色的花茎顶端，几片小巧的绿色花萼簇拥着娇柔的玫瑰花瓣，这株玫瑰花开得很美，但卷曲的花瓣和低垂下去的花盘都意味着，这朵花大抵是要枯萎了。这幅画是丹尼尔·西格斯大约在三百五十年前所画的，但栩栩如生的画面却让人觉得，这些花仿佛是清晨刚从园子里采摘回来的一样。唯一的缺憾是，这里面并没有百合、芍药和蝴蝶花这类所谓代表圣洁的花朵，让人无端觉得整幅画少了些暧昧或是爱慕的意味。这花大概就是再普通不过的一束花，兴许就是送给像我这样平凡的女人的。

　　可说起平凡，或许我又与那些平凡的女人不太一样。毕竟，没有哪个女人会喜欢蜘蛛和老鼠，可当我还是个小姑娘的时候，就已经疯狂地喜欢上了这些动物。我所说的动物并不是毛绒玩具，也不是那种毛茸茸讨人喜欢的小动物，而是小生物，包括那种最小的生物。我沉迷于捕捉它们的踪迹，甚至不惜钻进满是灰尘的角落里去寻找。我还曾经把一只熊蜂团在手心里，听它在里面发出嗡嗡嗡的声音。如果是小鸟或者个头小巧的啮齿类动物，那我就更着迷了。话虽这么说，我却从来没有抓到过一只健康的小动物。它们要么受了伤，奄奄一息，要么就是即将分娩。我用来埋葬它们的动物墓地，已经扩展得快和母亲的菜地一般大了。我总爱捡来一些小石头，或采一些小雏菊来替它们装饰墓地，这样好歹能减轻死亡给我带来的失落感。出于一种奇怪的收藏欲，我一直苦于寻找一只哺乳类的动物来代替第五只即将进入墓地的乌鸦。为了实现这个愿望，我几乎和周遭的孩子们进行了超乎想象的复杂交易，最后，我不得不用母亲的一支口红来换得一只死去的天竺鼠，满足了这个匪夷所思的心愿。

儿时的我也闯了不少祸，譬如将家里所有的蜂蜜罐打开放在院子里吸引蜜蜂；把父亲放在家里的啤酒偷喝了个精光；找同学来替我写家庭作业；偷偷从母亲的钱包里拿零花钱。撒谎更是家常便饭，所幸大多数谎话都没有被拆穿，但即便是被发现了，父母惯常也十分宽容。父亲经常挂在嘴边的话是："你要有自制力，要严格要求自己，晓得吗？"而母亲更不会骂我，只会偶尔叹息着说："哎，你这个小笨蛋！"有的时候，我无比期望能看到他们发火的样子，甚至希冀受到惩罚，但很可惜，他们好似天生就不会如此。

我父亲和我母亲结婚时已经五十五岁了，这是他的第二段婚姻。我母亲那时是一名护士，年纪比我父亲要小得多。我刚出生没多久，父亲便病倒了，母亲照顾他十五年之久，一直到他去世。

那时候，母亲在病床旁边，还置放了一张看护床，也只有我们这些家庭成员才会真正理解这两张床存在的意义。父亲去世之后，他的那张床依旧摆在那里，我还住在家里时，就睡在那张床上。那晚，父亲没有挺过第三次心脏病发作，在医院宣告不治。那之后，我便主动睡在了那张床上，陪在母亲身旁。曾有几次，我试着重新回到自己的卧室睡，但都以失败告终。母亲长期遭受头晕、头痛以及整夜噩梦难眠的困扰，有时候我会想，也许我该态度强硬些，拒绝母亲要我陪床的请求。但作为女儿，我又不得不担负起她的幸福，分担掉她的痛苦，所以在这种事情上也只好做出让步。她的状况让我下意识地觉得，假如我不陪她，她下一秒钟就会立刻死掉。

直到现在，父亲睡过的那张床依旧被收拾得十分干净妥帖。起初，这张床被叫作"爸爸的床"，母亲后来才改口称其为"病床"。父亲还在世的时候，这张床已经在原本的基础上又多了一些装置：一个可以调节床板上下高度甚至可以直立起来的架子，床下有一个可以弯曲的特殊支架，还有一个可以滑动的托盘。在我搬出去之后，母亲不得不独自睡在卧室里，渐渐地，她意识到了那张病床的便利性。每当她感冒生病的时候，都会不自觉地换到病床上去睡。之后，她又给这张床添置了一张新的乳胶床垫和一个新的板条框架。这样便可以借助马达的动力，随意抬高床的任意一头。不了解状况的人在看到这两张床时，会误以为那张铺着破旧床垫的陪护床才是病床，事实上，在那张陪护床上睡久了，即便是背部健康的人也会感到背痛难忍的。

我猜母亲大概是在陪护床上睡久了，为了缓解背痛，便干脆搬到旁边的病床上去的。病床的特殊便利性让她能够躺在上面看书、吃早餐、看电视……一连好几个小时都不用动弹。有时候实在无聊了，她便按下床边的按钮，把床尾抬升起来，让小腿随着升起的床垫和大腿形成一个九十度的直角。或者把自己调整成半蹲坐的姿势，再把床架上下调节，最后仿佛一把折叠刀一样窝在床上。就这样反反复复在病床上折腾几天后，最初的新鲜感也消失殆尽，于是她复又回到那张陪护床上睡了。

同时，母亲把电话也移到了卧室床边的床头柜上，以便万一哪天生病或者更糟一些，大限将至的时候，可以及时拨出救命的电话。不过这样一来，只要电话一响，她就得放下手里的事情，跑到卧室里去。每次接电话，她都会先整个人扑在床上，然后再伸手拎起话筒。我身边有相当一部分人，在接电话时总会习惯性点一支烟。于是电话那端的人先是能听到几秒钟的静默，接着是打火机的响动，最后则是深吸一口烟所发出的吸气声。我母亲也是如此，并且我在和她打电话的时候，经常能听到电话中传来微弱的呜呜声，她肯定一边唠叨一边又把那张病床的床垫调高了。

正是因为这张病床，我早早便从家里搬了出去。十五岁的时候，我终于有了自己梦寐以求的独立卧室，并且能够邀请一些好朋友一同到家里来过夜。父亲还在世的时候，我还能够在假期或者朋友生日的时候在外留宿，但父亲的死终结了这一切，自此我便彻底告别了这些自由的生活。

假如班上有聚会或是有同学的成年礼需要参加，那么母亲必定会在晚上十点钟准时叫一辆出租车来接我。我想，她大概是恐于看到身旁的床空空如也，而并非全然为我着想。偶尔我会乘朋友父母的顺风车回去，到家之后母亲往往还醒着，用一种极度谴责的目光瞪着我。

中学毕业后，我一心要到其他城市上大学，思来想去，我最终决定到海德堡去学习生物。这并不是我最喜欢的专业，但为了能顺利离开家，我不得不表现出这是我毕生的追求，虽然这是假象。

或许母亲的确很爱我，她对此做出了让步。我想兴许是她也意识到，自己唯一的孩子不可能永远睡在她身旁。起初，我每个周末都会回家，依然睡在她身边。但一年之后，母亲似乎习惯了我不在身边的日子，她不再频繁地给我打电话，也不再敦促我晚上早些回家，甚至不再给我寄萨拉米香肠和榛子杏仁饼。当我放假和好友到苏格兰旅游时，她也不会心神不宁地跟我各种矫情了。如此一来，我便有大把的时间去把过去错失的东西统统弥补回来。

在经历了一整年的大学生活后，我便因为各种各样的原因辍学了。譬如对石棉过敏、教授的不公正对待、令人头疼的数理化，等等。我并没有把这件事告诉母亲，我想，等真正想明白自己究竟想做什么时，再找机会向她解释一切。

辍学之后，我开始像母亲那样，整个上午都赖在床上，直到下午才爬起来，到一家咖啡馆去打工。工作期间，我认识了不少人，除了一些本地人，还有外国人、大学生、中学生等。有时候我会私底下带着一些看上去层次较高的人四处游玩，也会欣然接受邀请，和他们共进晚餐。但这种情况下建立的友情十分脆弱，过不了多久便失去了联络，就如同我穿的那些极易损坏的黑色丝袜一样。尽管我有大把的自由时间，但不安和内疚却时常困扰着我，因为毫不知情的母亲还在一如既往地给我寄生活费。每当她生日或者圣诞节我回家看她时，总会坐立不安，想尽各种谎话来骗她。虽然打电话时可以毫不犹豫地隐瞒掉一切，但真正面对面的时候，简直是种莫大的煎熬。我不得不时常安慰自己，母亲并不会因为给了我这么点生活费而陷入穷困潦倒的境况。

我的第一个男朋友有个十分意味深长的名字，叫作戈尔德·特里哈珀[1]。他觉得我的名字"安妮萝丝"太过老气，于是一直叫我"萝丝琳"或"萝丝伯德"[2]。我一直以为他这样叫的灵感来自《男孩看见野玫瑰》这首流传甚广的歌曲，直到一个朋友告诉我，歌德在这首诗里其实隐喻并美化了一个强暴场景。自那以后，我便拒绝戈尔德再这么叫我，尽管他一再解释说这和我们的初夜没有任何联系，那两个称呼只不过是"新生玫瑰"的意思，但我依然态度坚决。到后来，他甚至觉得我有些不可理喻。

在我看来，假如一个人自小在一张病床上长大，那他有某种小

1 原文中 Triebhaber 意为"欲望的男人"。
2 意为"玫瑰花"和"玫瑰花蕾"，后文称"小玫瑰"。

怪癖也不足为奇。譬如我极讨厌牛奶，闻到就想吐；也受不了睫毛膏这种东西；对很多材质都有极其严重的过敏反应。此外，我还能以常人无法察觉的速度迅速喝完一杯饮料。由于受不了电子屏上不断增加的数字所带来的无形压力，我总是请别人帮忙给车子加油。在数学方面，我只会加法，而总也学不会减法。还有其他一些诸如此类的怪毛病，我就不一一列举了。但如果有人因此而觉得我神经质，那就太过分了些。

不过我母亲倒是对神经质这个称呼当之无愧。我曾建议她干脆把那张看护床扔掉，以后都睡在病床上，毕竟相比之下，病床更舒适一些。但她果断拒绝了，原因更是匪夷所思。因为她圣诞节期间，去参加了一个手工自制泰迪熊的学习班，想要亲自给外孙或外孙女制作一件玩具。由于舍不得送出第一只亲手做出的泰迪熊，母亲又乐此不疲地做起了其他品种的毛绒玩具。没过多久，第二张床上便堆满了棕熊、黑熊、灰熊、北极熊、熊猫、考拉、浣熊，以及有着 V 字形项圈的西伯利亚熊。这样一来，每当晚上需要在其中一张床铺上睡觉时，把这些毛绒玩具挪到另一张床上就成了一件颇费气力的事情。眼看那个手工学习班已经接近尾声，我估摸着不久之后她兴许又要添置第三张床了。

我自小便是家中唯一的孩子，但这并不表示我不曾有过兄弟姐妹。我父亲在前一段婚姻中也有一个女儿，算是我同父异母的姐姐，可年龄却比我母亲还要大一些。她的名字叫作艾伦，满打满算，我一共只见过她四次。最亲近的一次大约是在父亲的葬礼上，她在我身边坐了一小时之久。每逢圣诞节，我们也会互相寄一张写着无关痛痒的祝福语的卡片，我潜意识里觉得，艾伦对我是有些怨念的，毕竟当年父亲抛弃了她的母亲，却转而和我母亲重组了家庭。那时候我还没出生，所以事情究竟是怎么发生的我无从得知，但假如她以为我母亲是那种水性杨花的女人，故意勾引了父亲出轨，那简直是荒谬至极。我母亲简直就像人畜无害的小绵羊一般，但兴许就是这种温顺吸引了父亲的注意，接着事情就一发不可收，我母亲意外有了身孕，并在十个月后顺利生下一个男孩，也就是我的哥哥。在得知孩子的性别之后，极度渴望有个儿子的父亲便毅然和前妻离了婚。

可惜的是，这个孩子还不到两岁便在一场车祸中意外身亡，那之后没过多久，我便出生了。当父亲得知我是个女孩时，再也承受不住打击，自此一病不起。十五年来，我对于父亲唯一的印象就是长年卧床不起。每每我看到他，他都好似在忍受着极大的痛苦。而我直到升入中学，才明白他痛苦的真正来源并非病痛，而是那张摆在床头柜上的镶金边照片。照片里是他唯一的儿子——早已不在人世的马特。

所以确切说来，我有一个姐姐和一个死去的哥哥。但很可惜，我对这两个人都没有什么好印象，尤其是那个所谓的哥哥。很显然，在父亲眼里，我永远无法取代一个儿子的地位。但最让我生气的是，从来没有人提起过我曾有一个哥哥，也不曾有人告诉我他死去的原因。每个人都对此缄默不语，而这种缄默才是毁掉我童年的罪魁祸首。

这所导致的直接后果就是，当我结婚怀孕之后，只要开始想象未来宝宝的模样，脑中就会不自觉地浮现出床头柜上的那张照片：一个金色鬈发，长着一双梦幻般蓝色眼睛的小天使。然而无论马特的眼睛里有多少憧憬，他自出生那一刻起，人生就已经被安排好了。作为长子和继承人，父亲早已决定由他来接手自己那家食堂餐饮设备供应店。马特夭折后，当父亲得知我是个女孩时，甚至没有等到我洗礼，就毅然决然卖掉了那家店，拖着病躯终此残生。他从不曾考虑，自己的女儿是否也能够接管他的事业。也算是种幸运吧，我那从未谋面的小哥哥不用遭受这些烦恼，毕竟从他漂亮的面孔上，我看不出一丝一毫商人的精明气息。

除去这些令人不快的记忆外，我们家的相处模式也和同龄人大相径庭。大概是因为朋友们的父亲大多忙于工作，很少顾家，所以她们对我父亲有着极其深刻的印象。父亲不但整日整日地待在家中，而且脸上总是一副死气沉沉、百无聊赖的模样。我大部分的朋友都不曾见过他的面，但却晓得在我家需得谨言慎行，不能听吵闹的音乐，不能在楼梯间嬉戏打闹，不能唱歌跳舞，甚至不能哈哈大笑。

父亲时常抱怨自己浑身的骨头仿佛散了架，连眼睛都睁不开了。于是我不得不担负起给他读书的任务，可每次我问他想听什么，他都温和地告诉我什么都可以。我把手边那些女孩子们爱看的书，以及一些关于动物的书和故事连环画，甚至连课本都一一拿来读了。我不知道父亲到底听进去多少，或者他只是单纯地想让我待在床边，抑或是在他眼里，我其实和那些书没什么分别。

近来我问了母亲一个问题，她的丈夫到底是个什么样的人。母亲以一种极其震惊的表情看着我，仿佛在说，你和他相处了十五年，应当知道他是一个多么亲切温和的父亲！但同时她也承认，父亲时常服用镇静剂，借以暂时摆脱掉生活所带来的困扰和无奈。可他们却不知道，这里面最无奈的便是我了。

不过也有例外，有时候我会在星期五下午和他一起玩些小游戏。当母亲外出做头发时，我便坐在他腿边，把那个滑动的托盘当作游戏桌。那些游戏都很简单，我们把它叫作"噼里啪啦"或者"生死一线"。等到我年纪大一些的时候，还会玩"城市、河流和村庄"的游戏。我一边玩一边吃手指饼干，父亲则会开一罐啤酒，母亲每次回来都会抱怨我们把床单弄得一团乱。可明明这张床先前就已经够脏乱了，父亲一日三餐都在床上吃，床单被子里到处都是咖啡渍和莫名的碎屑，还有诸如火腿残骸、香肠衣、坚果壳、奶酪碎屑等，则随着羽绒被的翻折，不知道藏进哪条缝里去了。尽管母亲时常帮他换洗床单，但这种不卫生的习惯还是招来了一大批苍蝇，长久地盘桓在父亲的床上。这样所导致的直接后果就是，人们每每想起他，脑海中总会同时想起一个不断挥舞着的苍蝇拍。我每天都会到床边去问他："爸爸，你今天过得好吗？"而他通常都会说："我感到活得很累。"年少的我并不能领会他这句话的真正意味，倒是这种表达方式让我印象深刻，不过五岁，我就能熟练模仿相似的语法句式了。

到了我现在这个年纪，我倒是非常想去和父亲的前妻打听一下过往的那些事，只可惜，在父亲去世后不久，她也离世了。我并不愿去跟我那所谓的姐姐艾伦打听，毕竟之于我，她是有过一个正常的童年的，那时候的父亲也还是个身体健康的中青年。我极怕从她嘴里听到一些父女间和乐相处的事，譬如父亲给她搭了一座娃娃屋，领着她跳了人生第一支舞……这些话对我来说无非是种折磨。等到父亲移情于母亲，或者更准确来说，是移情于我哥哥时，她已经成年了。所以对艾伦而言，父母离异这件事已经无法给她的人生带来什么冲击了。父亲年轻时，总是穿着蓝色的西装，神采奕奕。但我所有的记忆里，除了皱皱巴巴的睡衣，便是深红或者橄榄色的浴袍。艾伦儿时还时常和他一同看电影、参加教堂的完工仪式，抑或是到河边散散步、送她去上舞蹈课，等等。可我整个童年，都只能坐在他的病床边，甚至在他去世之后，还要睡在那张病床上。

如果说女孩子对于爱情的憧憬源自父亲的爱，那我的这种憧憬则被摧毁得一塌糊涂。父亲并不爱我，而我对他也没什么感情。他去世的时候，我甚至有种如释重负的感觉，当然，那时候我并不知道一个死去的人还会给我的爱情造成什么更糟的影响。

放假的时候，母亲总会坚持把我的一个孩子接到她那里，虽然家里的房子足够宽敞，孩子们也乐意睡在我之前的卧室里，但我总觉得母亲会在晚上强迫他们睡在那张病床上。于是我经常找各种各样的理由来阻止孩子们在那里过夜，觉得她大概有那些毛绒玩具熊陪着就足够了。

还有一个更重要的原因就是，我总觉得自己爱做噩梦的毛病是那张病床引起的。通常情况下，梦境几乎相当于人们的第二种生活，一个好梦可以让人的心情从不愉快转变为愉快。我的好友塞尔维亚经常给我讲述她梦里面的情景，尽管不确定那些梦是否真的让她身心愉悦，但接下来的几天她显然十分舒畅满足。我的孩子们也会做一些类似的梦，譬如梦见自己得了金牌、和温纳特成了一辈子的好朋友，或是得到了一根两米长的橡皮糖，等等。但我却从不曾梦到过什么好东西，有时候，惯常做噩梦的人会迷信地在床边放个十字架或者一串大蒜来辟邪，可我无论用什么方法，都无法避开噩梦的侵扰。最近我又试着在睡前看一两幅画，使自己平心静气，希望在睡着的时候不要做什么梦。我买了两大本画册，里面有很多巴洛克式的写生和插图。

第二章 静谧

　　通常来说，静物写生都是以没有生命或者不会活动的物体作为描绘对象。但也有例外，譬如鲁多维科·迪·苏西欧所画的这幅静物图。硕大的水果旁边，藏着三只只有顶针大小的小老鼠。这是我最喜欢的画之一，栩栩如生的金黄色柠檬、晶莹饱满的橙子、红彤彤的苹果、浑圆的核桃，还有裹着白糖的甜点。锃光发亮的银质盘子上，还放着一把小巧的水果刀。人们初看到这幅画时，总会情不自禁想要伸手拿取，但仔细看过之后，才会发现角落里还有几只小老鼠正在偷食杏仁。想必这几只老鼠是趁夜深人静的时候溜了进来，想要偷拿食物。假如你竖起耳朵仔细听，就能听到它们啃食东西的咯吱咯吱声；但如果睡得太熟了，那肯定是听不到的。

　　很多父母喜欢叫自己的小女儿为"小老鼠"，我的父母也不例外，不过这个称呼对于我来说，还有更特殊的一层意义。我曾经抓到过好几只吃了老鼠药的老鼠，把它们放在玩具推车里，带它们外出散步，直到最后毫无内疚地把它们埋掉。我的朋友露西告诉我，她小时候喜欢假扮成理发师，把猫咪的胡须剪掉。这在某种程度上和我是相似的，假如那时候我们就认识了，一定相处得很默契。

　　每当夜里，父母亲都睡着之后，我便溜下床忙活起来。我披着衬衣，像个小幽灵一般在屋子里游荡。偷拿巧克力夹心糖、在不开声音的电视机前手舞足蹈、偷偷从钱箱拿出些钱、把母亲赶制的毛衣拆掉一大截，等等。在做这些事的时候，我通常既紧张又害怕，但更多的还是兴奋。其实我十分希望自己能被抓个现行，这样我就能毫无顾忌地大声尖叫。但很可惜，这个愿望从来没有实现过，哪怕我刻意留下一些蛛丝马迹，也没有人会注意到。后来，我干脆放弃了。父母这种漠然的态度，犹如厚实的玻璃罩，或是厚重的棉被一般，把我的所有热情和感情都隔离和湮灭了。他们只是一如既往地温和待我，但对我的任何捣蛋都毫无参与的兴趣。

所有的母亲应当都做过同一个噩梦：在一个漆黑的房间里面，躺着一个小婴儿。这应当是我们的宝宝，但是我们却把他遗忘在那里。没有人给他喂奶，也没有人给他换尿布，更没有人抱起来亲一亲他，他就那样生死未卜地躺在那里。当我们终于想起来，将他抱起来时，却发现他已经气若游丝、命悬一线了。之后，我们从梦中惊醒，脸上还残留着因为极度害怕而流下的泪水。

塞尔维亚是第三个知道我这个噩梦的朋友，严格意义上来说，她其实算是我的一个远方亲戚。她听完我的描述便安慰道，类似这样的梦，她做过不下一百次。可我其实只想让她知道，这个梦并不表示我是个不合格的妈妈，因为没有照顾好孩子而在梦中受到良心的谴责。我心里很清楚，这个梦是我潜意识在求救，那个被遗忘的婴儿就是我。近些年来，我和大多数女人一样，全心全意地照料家人和孩子，唯独忽略了自己。这个梦是在提醒我，必须好好照顾那个濒死的婴儿了，要尽可能地给予他更多的关爱，否则就来不及了。

塞尔维亚听后十分惊讶，她劝道："你别胡思乱想，这都是心理学家胡诌出来的理论，不能当真的。我猜一定是露西又对你胡说八道了是吗！照顾孩子本来就无法做到十全十美，所以不是每个人都会对这件事有所愧疚的。"

我没有说话，其实我还做过另一个梦，可我不敢对她说，因为在那个梦里面，塞尔维亚也出现了。

在梦中，我俩站在浴室的镜子前面，试着给自己换一个新发型。

我最小的孩子就在身后的浴缸里，嘻嘻哈哈地在玩水。我们一边吐槽着各自的婆婆，一边跟着收音机里的曲调哼唱着，时不时还闻一下我买来的新香水味道。不知过了多久，我终于想起了身后的孩子，可当我回头看他的时候，却发现他已经沉在了水底。我大惊失色，立刻把他从水里抱出来，可孩子显然已经没了呼吸。我急忙拎着他的两条小腿，试着让他把呛进去的水吐出来。水顺着他小小的嘴巴一涌而出，怎么也止不住，最后甚至连体内的器官都一并掉了出来。心、肝、胃……和着水流一并掉落在地上。塞尔维亚俯下身去，将浴缸里那些血肉模糊的东西聚集起来，之后一股脑扔进了抽水马桶。我再也受不了了，尖叫一声，从梦中惊醒。

塞尔维亚似乎没有发觉我在想什么，她仍絮絮叨叨地大动肝火，因为她在整理废弃的箱子时，发现了她丈夫收藏的相册。我只得安慰道，每个男人都会私底下收藏一些情色相片，但她根本听不进去。我其实是有些理解她的心情的，毕竟我自己的婚姻也不是那么顺遂。

当时，我大概是下定了决心，要杜绝那样的噩梦，让梦里那个濒死的孩子重新在我心里复活。不过对于塞尔维亚来说，类似的噩梦并不会对她造成什么困扰，因为未结婚时，她就极其热爱骑马，宛如一个亚马孙女骑士，而如今，她又重拾了这项爱好。每当孩子们都去上学了，她就到骑马场去跑几圈。我想，她大概天生就适合做这项运动，无论是体格还是肌肉都得天独厚，但我就不行。我生来便缺乏运动细胞，所以宁愿去做一些别的有创意的事情来打发时间。

我的丈夫名叫莱因哈德，他在中学毕业后便去学习了木匠工艺，之后念了个专科，最后才进入大学本科学习建筑。他每每说起当年的这些求学经历，总是没有什么波澜，我想大概是那时候他总是一连好几个月都在凿榆木，但他全部的兴趣却都在橡木上。

他在木工上十分专业，这也给他之后的职业发展带来了不少的好处。自从我们有了属于自己的房子后，他便宛如找到了大施拳脚的

舞台一般，开始对房子进行改造。这套房子有些年头了，他重新整修
了房子整体框架的大梁，之后还设计了和房子先前风格相契合的窗
框，并且还画了阁楼地板的翻修设计图。

在我看来，真正顶尖的专业建筑师几乎算是凤毛麟角，我丈夫
绝对不在其中。不过在我们这个小地方，他的成就也算是十分显著的。
我们周围的空地上，堆积着许多非常廉价的老旧现代建筑材料。但以
他的专业素养以及一家建筑公司职员的业务能力来说，他是不会选这
些材料来用的。许是因为这个缘故，我们的房子逐渐变成了一种类似
复古博物馆一般的存在。

最开始看到这座房子的时候，我的确十分喜欢。毕竟一座带有
花园的木质漂亮房子，任谁看了都会心动的。我们前去看房子的时候，
房子周遭正盛开着各式各样的花朵，有小天蓝绣球花、木茼蒿、翠雀
花、紫罗兰等，里面间或混着葱、蒜、香芹等蔬菜，一片欣欣向荣的
景象。看得出来，这座房子原来的女主人直到过世前都还在精心照料
着花园。不过她的后人显然对这种田园生活丝毫不感兴趣，没心思也
不愿投入什么金钱来料理这些。当年被爱情冲昏了头脑的我们并未思
虑太多，也没有过多地砍价，便买下了这里，事到如今，也没有什么
可抱怨的了。

而我现今的爱好，则和莱因哈德不谋而合，那就是造就一个健
康的生活环境。我们应当把房间设计得更具有乡村特色，从而和那些
诸如不锈钢椅子、多功能躺椅，以及那许多办公用品的现代风格区分
开来。他的同事倒是十分喜爱这些既时尚又简约的东西。其实，我稍
不留意，家里那套珍贵的十九世纪毕得麦耶尔时期的胡桃木家具，就
会被一些歪七扭八还有许多疤痕的瑞士松木椅子、矮脚小板凳，还有
纺车等东西替代。有一次，莱因哈德从跳蚤市场买回了一台古旧的挂
钟，玻璃钟面上还绘着一幅图画，但不足的是，钟面上有一条裂痕。
他以为这条裂痕没有什么要紧的，于是便打开了表身的挂盒，想要换

掉钟面。但糟糕的是，那幅画是画在玻璃上的，这下不但玻璃碎了，连那幅画也碎掉了。莱因哈德十分沮丧，于是我不得不想了个办法来补救。

我到玻璃店去切割了一块尺寸相当的玻璃，并在上面预留了一个可以安装指针的小洞。是的，我打算将那幅画临摹到这块玻璃上。那幅画画着人们在拜恩湖上泛舟游乐的场景，看上去十分温馨美好，所以我宁愿临摹，也不愿换成几束俗艳的玫瑰。

我买了貂毛画笔、油画颜料和一些散装的颜料，还买了一瓶喷涂用的清漆。我把碎掉的那幅画铺在玻璃下面，然后一笔一画地描绘，按理说应当不会很困难。我用黑色颜料先把轮廓勾勒出来，等它阴干之后，再按照手工店里的人给我的建议，先把表盘画好，接着再把背景人物一一添进去。

莱因哈德起初并不觉得这是个好主意，但当他看到玻璃上色泽饱满的图画时，也不由得开始鼓励和称赞我。但凡看过这幅画的人都不得不承认，尽管这幅画的方向和原画是相反的，但却是一幅画得相当出色的作品。后来，那台钟表就一直放在餐厅的一角，长久占据着举足轻重的位置。

这次的成功让我尝到了不小的甜头，我当然不会继续去画表盘，毕竟我们的房子里还可以放置其他形式的玻璃画。

结果，我们这个颇具乡村气息的房子几乎是全家出动装饰而成的：莱因哈德设计房梁和支柱，我来进行各种绘制，我婆婆用一些天然的白色棉线亲手编织窗帘，而我母亲则做了许多玩具熊。这些小熊上身都穿着传统的女式服装，下身则都着黑色皮裤。

为了能把这些奥地利式的玩具熊至少送出去一个，圣诞节期间，我特意去拜访了老朋友露西。她一岁的女儿艾娃正和家里的猫在一棵松树下玩耍，看上去十分有爱。从某种程度上来说，猫和小孩子几乎有着一模一样的爱好，都喜欢带点甜味的热牛奶，喜欢铃铛丁丁零零的声音，还喜欢圣诞树上挂着的红色小球。此外，他们还都喜欢亮晶晶的玻璃，不过玻璃在他们手里很快就会变成一堆碎片，从而被当作危险物清理出去。

我一直没有想明白爱好是如何养成的，一个从没有踏进过博物馆大门的孩子，却能够自发地追逐色彩斑斓之物，被闪耀着的金色或银色光芒所吸引。在一个十岁的小女孩眼中，亮闪闪的心形图案、勿忘我编织的花环，还有互啄的小鸽子图案都是最爱。而到了年末的时候，标记着圣诞节的日历又超过一切成为她们的最爱。这些东西无疑是我儿时的心灵归宿，让我感到开心和满足。因此在看到我女儿拉拉和小伙伴们交换类似的小玩具，又珍宝似的收藏起来时，我的内心着实是感慨万千的。

刚开始画画的时候，我临摹了艺术协会中一些感恩图和祈祷图，但渐渐地，我觉得这些图画太过神圣。毕竟，大家不会把塞巴斯汀的圣像挂在房间里当装饰画，也不会将圣母玛利亚的画像挂在床头。鉴于此，我开始了自由创作。

拉拉和尤思特在废弃的杂物堆里找到了一面橱柜的玻璃门，莱因哈德则从一座待拆除的房屋里找到一块半圆形的窗玻璃带回来，又把它切割成尺寸合适的几块。

最初的时候，全家对此都很支持。我画了各种各样的图，有一年四季的景色，有乡下过节的情景，有婚礼场景，还有天真可爱的小朋友们。我的好友塞尔维亚是个十分挑剔的人，我便画了幅猎狐图送给她，画中有四个身着红色外套的猎人正在追赶一只狐狸。我还画了一幅她的肖像，画中的她正骑在一头喘着粗气的牛背上。露西是名老师，所以我便送了她一幅学校场景图，上面画着讲台、黑板等一些惯常的设施。由于我的画基本上比较小巧，所以有时我也会使用放大镜来作画。每当我丈夫和两个孩子离开家后，我便坐在餐桌前开始画画，可以说，这是我感到最轻松愉悦的时刻。我完全忘记了自己，忘记了妻子和母亲这个身份所带来的烦恼，甚至于有时候会因为太过投入而错过做饭的时间。

有天晚上，莱因哈德忽然告诉我，他想自主创业，因为长久以来，他的老板总是习惯于把最麻烦的工作指派给他，譬如去和一些官员进行冗长而又无意义的扯皮。尽管有些冒险，但我还是觉得，他的这个想法很值得鼓励和尝试，而莱因哈德也表示，可以将几个关系要好的客户拉拢过来合作。

初始阶段，只需要一间小小的办公室就足够了，配一些高档的照明设施，加上电话、传真和一些办公桌椅等，再加上一块招牌，这些都花不了几个钱。莱因哈德已经有了一台绘图仪，至于电脑绘图设备，可以稍微推迟一些日子再添置。

"那员工呢？"我问。

莱因哈德不置可否地摇摇头，说："有你就可以了，你可以帮我处理一些文员秘书类的工作，比如日程安排、做各种通知、去申请建筑许可证等，你可以利用孩子们上学后的时间处理这些工作。"

他的声音有些尖锐，仿佛在用一副假嗓子说话，这语气和他平日里的大男子气概极不相符。但毫无疑问，这副语气让他得到了一个肯定的答复。

还未结婚时，我曾做过像是餐厅服务员和办公室文员这一类的工作，但我并不擅长，打心底也不喜欢。但好歹对于打字机这种设备，我还是熟悉的。但为什么我就一定要理所应当地放弃唯一的空闲时间呢？我只有上午这么点时间可以用来画画，可现在就连这点时间也要用来做不甚喜欢的工作，简直比做饭还要讨厌。可换个角度来看，我丈夫无论从身份，还是工作上来说，都是家里的经济和精神支柱，作为妻子，我确是应当支持他。对于他的要求，我只给了个模棱两可的答复，但显然莱因哈德并非真的征求我的意见，他仅仅是告知我这件事而已，在他眼里，我配合他的工作本就是理所应当。因此我便晓得，他压根就没有真正支持过我的绘画创作。且不说作为一个建筑师的妻子，我每天都要洗大堆脏兮兮的衣服，现在，我又多了一份工作：女秘书。

在公司最开始的筹备阶段，我内心也是干劲十足的，加上办公室的选址离家很近，我因此总是希望满满。不过，莱因哈德的办公室并不像家里那样，充满着浓郁的乡村气息，毕竟对于一个建筑师来说，这是极不合适的。他的办公室用一些皮革、有机玻璃和不锈钢材料装修设计，显得中规中矩，也没什么创新之意。我当时甚至还想要自己来缝制窗帘，但最终莱因哈德决定用银灰色的百叶窗来代替窗帘，他只让我选取一些盆栽植物和花卉来作为装饰。

塞尔维亚近来爱上了她的马术教练。其实这也没什么可大惊小怪的，在度过了近十四年的婚姻生活后，这种事情是司空见惯的。我内心很羡慕她，可以肆无忌惮地表达内心的爱意，她因害羞而泛红的脸颊，还有灼灼的目光，都宛如少女一般。而我们这种循规蹈矩的家庭主妇则恰恰相反，我们连和自己的丈夫调情的机会都寥寥无几，除了那些上门服务的煤气工或者烟囱清理工之外，能结识他人的机会实在是太少了。塞尔维亚的丈夫通常一早便匆匆赶往公司去了，直到深夜才回来。没人知道他在公司都做了什么，兴许那里有漂亮的女秘书，还有乖巧的女实习生。塞尔维亚经常讽刺她的丈夫伍德喜欢拈花惹草，虽然她的说辞总是极尽夸大，但在这一点上还是十分属实的，因为伍德甚至还对我表示过爱意。

莱因哈德在个人魅力方面也是极具优势。虽然大多数男人总穿着件普通的灰色法兰绒外套，但建筑师这个身份在某种地方又有别样的吸引力。譬如他们身上的皮夹克，搭配的格子衬衫，脚上的靴子，还有飘在风中的围巾，等等。尽管大多数时间他们总是在绘图板上俯身忙碌，但丝毫不影响他们本身所散发出的风范。

而我自己，则曾试图和家庭医生发生些什么，那段时间我经常带着儿子尤思特，装作若无其事般在他周遭晃悠，但最后却什么事也没有发生。我的一个朋友爱上了教会里的牧师，于是便开始热衷于各项教会活动。露西最近三天两头往理发店跑，看上去颇为瞩目，但实则无功而返，毕竟一个拖着孩子的母亲并非情人的最佳候选。她们无法在晚上出门，也无法在假期舍弃家人，即便是上床也只能选在白天，毫无浪漫可言。

我默默地看着那幅有三只小老鼠的画，它们鬼鬼祟祟、偷偷摸摸潜行的模样实在深得我心。在这方面，露西和我极为相似，她甚少提及以往的事情，可我却怀疑她三岁的儿子莫鲁斯并不是她丈夫亲生的，这个怪孩子兴许将来会带来不小的麻烦。当我们一家四口和他们一家六口人去参加教堂的剪彩仪式时，我不禁偷偷估算了一下，人群里到底有多少位父亲和母亲。

大抵是六个，我想。

第三章 经历

结婚之前，我曾交往过不少男人，也都跟他们发生过关系。但若是有人因此觉得我是个欲求不满的女人，那显然是种狭隘的偏见。我的想法十分简单，绝不接受毫无欢愉可言的两性欢爱。但众所周知，这种事愉悦与否往往取决于男人，所以我不断尝试，自然也就换了一个又一个男人。

莱因哈德是一个例外。我直到后来才想明白，为什么他和别的男人相比，如此与众不同。那时候但凡和我发生过关系的男友，地点几乎都选在床上，但唯独和莱因哈德是在一张脚手架上。这并不是说我刻意追寻刺激，或是重口味，而是因为每当我在床上看到任何一个男人的时候，总会不由自主地联想起我的父亲，这种过于诡异的联系让我犹如希腊神话中的俄狄浦斯王一般，被来自道德和情感的双重压力折磨着。

但自从和莱因哈德有了脚手架的经历之后，我便迷恋上了他。往后即便是在床上欢爱，也是十分愉悦的。

这种热情和痴迷持续了大约两年之久，那之后，尽管一切趋于平淡，但我们的婚姻依旧维持良好。莱因哈德自从独立创业以来，无时无刻不在担忧收入问题。由于刚起步，订单总是时有时无，很难存下来钱。再加上有的客户会延迟付款，就会给我们的生活带来莫大的压力。为了能认识出手阔绰的大客户，莱因哈德甚至加入了一个高级网球会所，成为会员。

"高福利特参加的那个合唱团也不错，"露西向我建议道，"那个团里有五十个人呢！"

我想象了一下莱因哈德的嗓音，忍不住有点想笑。可眼下的情形，难道真的要他去参加个什么党派，而后步入政界，去做个什么建筑管理的官吗？虽然利用官职来拉业务很难服众，但不得不说，这的确是个行之有效的方法。

莱因哈德终于不负众望地谈妥了几笔大生意，也因为这几笔生意，进而成为一个经验老到而又颇受欢迎的部门经理。他已经无暇顾及家庭和孩子了，接单成为他最喜欢的事情。即便是工作外，我也不得不代替他做了诸如买邮票、修鞋子、带孩子去游泳这些事情，甚至连度假都是我来做计划。而在工作上，我不但要做通常秘书要做的事，还要研究学习建筑行业的薪资规定。

到后来，我们在吃晚饭的时候，也不得不接听来自客户的电话。有位叫作赫尔默特·罗思德的客户相当难缠，有一次，他甚至在半夜打电话过来，告诉我们他终于决定选用白色的门。

莱因哈德有时会利用工作间隙做运动，我则会忙里偷闲，利用空闲的时间画画，但几乎每次我画得兴起的时候，都会被各种事情打断。而且，每当莱因哈德去网球会所的时候，我都会怀疑，让他去和那些身材姣好的女会员混在一起，到底是不是个好现象。又或者是我多虑，他只不过是去和男会员打打球而已？这种不确定的焦虑感折磨着我，让我整个人都变得沮丧和烦躁起来。

我几乎没有机会和塞尔维亚提及关于感情的事情，她对骑马的热情远远大于一切。不过幸好还有露西可以和我谈谈心，但这种谈心只限于我单方面倾诉，她却几乎不和我说任何关于自己的事。她家的大门旁写着"赫尔曼"和"迈耶尔－史蒂文"，毫无悬念，我知道她的两个年龄较大的孩子并不是她亲生的。我儿子尤思特和她八岁的儿子卡尔同班，在一次家长会上，我认识了露西和她丈夫高福利特，当时我还好奇地问他们是不是夫妻俩，她却只给了我一个似是而非的答案。直到后来，她对我说，自己犯了一个严重的错误，自那之后，她便开始自暴自弃了。

露西不轻易信任人，这让我有种被轻视的感觉，且不说结婚与否、孩子的父亲是否不同这种事情在现代社会已经不那么重要了，但她在我面前如此讳莫如深，让我觉得自己在她眼里，也不过是个市井妇人而已。

为了让我们彼此的丈夫也熟络起来，我特意选了一天邀请露西和高福利特，还有塞尔维亚和伍德一起吃晚餐，却没有想到，这次晚餐竟然闹得十分不愉快。

不得不说，我打心底希望可以画完一幅家中花园夏季场景的玻璃画，好让客人们赞赏和惊叹一番。可若要细致地描绘出蓝色翠雀花、向日葵还有蜀葵花并不是件易事，要花费大量时间和精力。而且在画的过程中，我对于远景的刻画也有失误，十字小道和当中的花丛并不协调，有棵椴梓树画得太小，而豌豆架却又画得太大。

我直到最后还在那幅画上涂涂改改，不愿拿出来展示，而这直接导致了晚餐的失败。我先前曾准备过很多次相同的菜色，每次都大受好评。但这次我却把主菜煮过了头，土豆放多了盐，沙拉的味道却又太淡了。最尴尬的是，露西恰好是个厨艺高手，而且我还忘记做莱因哈德最喜欢的辣根。

莱因哈德并不是那种生性乐观、擅长打圆场的人，因此在这种尴尬的惨淡局面下，他不但不会挺身而出活络气氛，反而一边不断向客人道歉，一边不耐烦地埋怨我，导致原本不甚在意的高福利特也开始觉得我是个不称职的家庭主妇。伍德见我一脸懊恼的样子，似乎是发现了新大陆一样，开始不断和我套近乎，甚至还想凑过来吻我的唇。微醉的莱因哈德见状，起身阻止他的时候，不慎碰翻了面前的酒杯，红葡萄酒便尽数洒在了塞尔维亚身上那件蓝色针织衫上，让她本就难看的脸色又加深了几分。露西在一旁安慰莱因哈德，对他近来繁忙无比的工作和经济压力表示同情。莱因哈德虽然奇怪她为什么会知道这些，但还是因为被人理解而感到无比欣慰。

为了找回一些心理平衡，我把话题扯到了早前的一次度假上，也让我这些生活富足的朋友了解一下我们去玩过的地方。我清了清喉咙，开始说道："度假的时候带着孩子简直就是遭罪，因为你根本顾不得玩，只能一门心思照顾孩子。拉拉和尤思特刚到海边就生病了，生了一身的水痘。莱因哈德到海里冲浪，被太阳晒得黝黑黝黑，我让他去买退烧药，可他不肯，因为他不愿意说法语。我没办法，只能带着两个孩子窝在屋子里过完了整个假期。"我想了想，又说："这期间还有个法国运动员从我们的房间外经过，他从窗口看到我时，还以为我是年轻时候的碧姬·芭铎[1]……"我的话还没说完，就被塞尔维亚打断了，她一脸匪夷所思地看着我说："我的天，安妮，没想到你竟然这么敏感，简直有些紧张过度了！"

我内心如同被浇了一桶冷水，既失望又愤怒，于是索性闭上嘴不再吱声。

身为老师的露西则立刻拿出为人师表的作风，反驳道："我知道塞尔维亚是绝对不会如此紧张敏感的，因为她压根不怎么关心孩子。"

伍德立刻在一旁补充道："没错，她几乎从早到晚都待在马厩里。而且从来也没做过什么饭，连牛排都没煎过，哪怕是个失败的产品，我也从来没见过。"

这下惹火了塞尔维亚，她又气又恼，干脆把丈夫收藏情色照片的事也都说了出来。气氛更为尴尬了，我无能为力，只能低下头去喝饮料。

等客人们不欢而散之后，我身心俱疲，此刻我无比希望能和莱因哈德温存片刻，借以得到些许安慰，但他却累得倒头呼呼大睡，无

---

1 Brigitte Anne-Marie Bardot，法国演员、歌手、模特。

暇顾及我。于是我只得又去翻看那些画集，想寻找些许心灵的慰藉。

自从我开始画画以来，我尤其喜欢 3D 立体效果画，画中的一切都仿佛触手可得一般。就比如这幅画中，许多红色的皮带被铜钉钉在一面墙上，方便人们在上面挂取其他物品。那上面有圆圆的怀表、蓬松的鹅毛、黑色檀木印章、带有虎纹的梳子、弹簧刀、被拆开的信，信封上还留有红色或黑色的邮戳，已经磨损了的旧册子，等等。它们被随意地挂在皮带间，就好像经常被人取用一般。在这些东西中间，还有一把小小的钥匙，让人看了不禁要问，为什么会在这里放上一把钥匙呢？

在我周围这些朋友当中，露西和塞尔维亚都对我的这些玻璃画兴致缺缺，唯有伍德似乎对它们很感兴趣。但假如伍德是个彬彬有礼的绅士，或许我和他还能好好相处。平心而论，伍德生性幽默，头脑也很聪明，赚钱能力也很强，有时我甚至觉得他内里可能是更高级的动物。塞尔维亚的日子就比我好得多：有负责打扫的女佣、一辆豪车、时尚的衣服、宽敞且装修豪华的房子，包里面永远都有花不完的现金。她总是十分慷慨地把女儿的衣服送给拉拉，有一次，我向她借了一件礼服去参加网球会所的仲夏夜聚会，事后她也没有再要回去。只不过那件晚礼服我穿着并不合身，臀部显得太过肥大。但是，我对塞尔维亚也十分够朋友，曾多次应承过她，让莱因哈德帮她的马术协会设计建造一座新的跑马厅。希望这件事最终能够连同会所的房子一起得到解决。

塞尔维亚在结婚之前，曾是一名高级厨具装潢顾问，但她并没有因此而对厨艺产生什么兴趣，但对于高科技却始终保持着浓厚的兴趣。婚后不久，她便把这项爱好束之高阁，开始沉浸于和孩子们的天伦之乐中。我想她之所以沉迷骑马，并爱上了马术教练，伍德也有不小的责任，毕竟他总是把她丢在一边置之不理。

假如塞尔维亚对我看不顺眼，那我觉得也是出于嫉妒的原因。

因为她早前做装潢顾问的时候，对于图纸也是十分熟悉的，因此她觉得建筑行业的图纸也是差不多的。可当她去和莱因哈德套近乎时，莱因哈德却总是避开她。不过莱因哈德心里也十分清楚，自己在这群有钱的朋友中没留下什么好印象。不得不说，莱因哈德在网球会所如此积极地参加各项活动，只不过为了留下些许知名度而已，虽然我觉得他并不是完全没有私心。塞尔维亚的丈夫伍德也会打网球，在那次失败的晚餐上曾和莱因哈德约了要一起打一场，但最终因为心脏原因而取消了。

一般来说，有钱人往往热衷于一些高档次的体育运动。在这一点上，露西就显得可爱多了。因为她虽然也处于有钱人的行列，但她既不喜欢打高尔夫球，也不爱划船。我想，她大概是疲于照顾四个孩子，没有精力去做其他事了。

所以，当她跟我说起她的计划，说要等到女儿艾娃上幼儿园之后，自己就重新回学校教个半天课的时候，我当真是吓了一大跳。

"安妮，所以你看，"她说道，"这几年我并没有消极地沉浸在家务当中，我也是在学习和研究的。"

"我没看出来。"我有些刻薄地应道。

露西提出一个想法，问我有没有兴趣。那就是每天上午帮她照顾女儿艾娃，中午十二点的时候，再把莫鲁斯从幼儿园接回来，她则会付给我一笔可观的报酬。

"你也知道，我的两个孩子离不开我，而且我还得帮莱因哈德做一些秘书的工作。"我说，"我白天怎么可能还有时间帮你看孩子？况且，我也没办法在你家待太久，除非你先把猫给解决掉。"

露西表示了解地点了点头，我对猫过敏，这大概是我们友情的一大障碍。

我放在兴趣爱好上的时间近来越来越少了，不过我暂时还没有提出来。其实，我早就怀疑人们不会太看好我的画，或许只会随意地评论一番，而后轻蔑地搁在一旁，而不会当作心爱的艺术品收藏起来。

就在那次晚餐之后没几天，当我穿着棉拖鞋和浴衣，走出房门，沿着湿淋淋的街道走到信箱旁边，准备取出报纸的时候，忽然看到莱因哈德越野车的雨刷上别着一枝红玫瑰花。当时外面还下着毛毛细雨，我不愿被雨淋湿了，就没有去管那朵玫瑰花，转身返回屋内准备早餐。当起迟了的莱因哈德、拉拉和尤思特来到餐桌前喝咖啡和可可的时候，我已经把玫瑰花的事情给忘记了。

不过，晚餐的时候我便又想起来了，于是我问莱因哈德："你把那朵玫瑰花放哪儿了？"

"你说什么？"他问。

"我今天早上在你车子的雨刷上看到一朵红玫瑰，那可是爱情的象征……"

莱因哈德的反应并不像装傻，但他也不至于对这种事情视而不见。我想，兴许他压根没看到过那朵玫瑰花，那时天正在下雨，花很可能在车子发动的时候掉了下去。

我在心里默默想着，那朵花本来是极适合我的，因为我的名字就叫作安妮萝丝，这很有可能是种美妙的暗示，不过，也有可能就是塞尔维亚开的一个玩笑而已。

我并没有把这件事放在心上，假如不是因为一星期后，我在相同的地方又看到了一朵红玫瑰，我很可能已经忘记这件事了。

我像个胜利者一般，把这朵玫瑰花放在莱因哈德的咖啡杯旁边。当他从报纸后面抬起头来时，问道："这是什么？"

"和上周一样！"我说着，又仔细看了看他的神色，他难道真的对此一无所知吗？还是说，他根本就是个伪装高手？又或者，他真的有一个地下情人？我暗自忖着，难不成是我的秘密仰慕者吗？

等第三朵玫瑰花出现的时候，我已经无法再淡定了，我开始严格观察莱因哈德的一举一动，查看他的每一项行程安排，留意他是否穿了和平日里不一样的衣着。由于我平时都在家中忙活各项事务，鲜少到他的办公室去，但我知道，在他办公室打扫卫生的是一个年轻的土耳其女人，于是我当机立断决定去他的办公室再侦查一番。

我还趁莱因哈德洗澡的空隙，查看了一下他的皮夹子，里面没有情书，却有一张可疑的餐厅发票。我想了想他的日程，应当是他打网球的日子，那天他回家很晚，而且到家之后也没吃什么东西。我看着那张发票，上面显示所点的菜色除了有一瓶昂贵的葡萄酒和一瓶意大利餐后果渣白兰地酒之外，还有一客 T 骨牛排和一套超值全餐。这是他请那位情人吃的饭吗？可对方却点了份优惠套餐，这就很有意思了。我那天特地做了土豆泥和香肠给他，可他却在外面和另一个女人吃晚餐，要知道，我在家每花一分钱都要掂量许久的。

不知不觉，我已经看到第四朵玫瑰花了。其间我也试着抓住那个悄悄送花的女人，可她的行踪神不知鬼不觉，就好像专门等半夜才来一样，我凌晨打开窗往外看的时候，那朵花已经好好地在那里了。当我站在窗前，透过暗沉的晨曦往外看的时候，只觉得眼前一片迷惘和惆怅。外面昏暗的一切仿佛都是这些玫瑰花所带来的未知命运，就好似有一位王子或是钢琴家，抑或是个富有的银行家正从黑暗里缓缓向我走来。那些夜里我经常做梦，梦到那位和蔼的家庭医生，还有一位偶尔来串门的物理学家。不过这些对于我来说，都是唯恐避之不及的负面事件，道德的潜意识约束着我，让我不敢越雷池一步。

不过下一周，我没有等来预料中的第五朵玫瑰花，却等来了一张剪成心形的红色卡纸，上面用金色的笔写着"我爱你"三个字。当我把这张充满暧昧的卡片搁在莱因哈德的早餐面包上时，他吓得几乎跳了起来。

"拉拉！告诉你那位送玫瑰花的暗恋者，让他别再这么做了！"他看着我们十岁的女儿，责怪道。拉拉的脸通红通红，她迅速收拾了一下书包，没有等弟弟便一溜烟跑了。

莱因哈德无奈地重重摇了摇头，牵着尤思特的手也出门了。

我一个人坐在家里，盯着那张心形卡片，感到有些丢脸。很明显，这颗心剪裁得并不精细，上面的字迹也是出自小孩子的手笔。我怎么这么笨，不但平白无故地怀疑我丈夫，甚至还幻想有人暗恋我。

不过转念一想，拉拉竟然已经开始恋爱了吗？我在她这个年龄的时候，对感情这种事是相当排斥的，所以在我心里，一直觉得她还是个小孩子。

不过下午拉拉早早就回来了，比尤思特早了整整一个小时。一进门，她就冲到厨房对我大喊道："他是个骗子！"

他是谁？

拉拉班上有个男孩子，名叫霍尔格，谈及此事，拉拉的好朋友苏西觉得他最可疑。"因为他一天到晚总盯着我们看！"

两个人在放学的路上不断追问霍尔格，逼他把事情解释清楚。但这个可怜的小男孩只是反复强调，说自己连拉拉住在哪里都不知道，把拉拉气得要死。

"我们骂他'懦夫'，还抢走了他的小刀，我觉得我们应该揍他一顿才解恨！"

我惊呆了，我竟然不知道自己的孩子会做出如此危险的事。想了想，我开始劝道："可你想想看，假如他送你玫瑰花，那他也不是坏人啊……"

但在拉拉看来，男生全都是笨蛋，恰恰是因为这个笨蛋，自己早上才会被爸爸骂了一顿。"哼，等着瞧吧！"她愤愤地说，"他要是敢再来，再来一次，我就……"

她这个争强好胜、战斗力极强的性格，也不知道是遗传了谁。

拉拉也站在那里思索着，过了会儿，她说："霍尔格大概是到了青春期了吧！"

我明白过来了，邻镇曾发生过一起女孩子被人杀害的事件，学校的老师在和孩子们讲起和陌生人接触的问题时，总会提到这件事，并告诉他们，有时候就连熟悉或者十分信任的人，也是存在一定危险性的。拉拉一定是想到这些，所以有些害怕了。男性给女孩子带来的困扰和疑惑，从来都没有例外过。

我曾经考虑要不要把这场玫瑰乌龙事件告诉露西，后来决定还是不要，因为露西为人十分保守，她一定会觉得我成天操心这些鸡毛蒜皮的小事，太过荒唐。事后证明，这的确是件荒唐事，拉拉错怪了她同学，那花并不是小男生送的。

又一个周一到来时，外面连片花瓣影子也没瞧见，我内心感到一阵轻松，这件事终于要告一段落了。前一段时间我整个人高度紧张，有许多事情都被耽搁了。莱因哈德给我留下一盘磁带，上面录满了要我完成的任务。此外，外面菜园里种的小萝卜也该收获了，孩子们马上就没有干净的牛仔裤可替换了。

我站在园子里忙活的时候，看到邮递员一路匆匆赶过来送邮件。其实我很乐意亲自去收信，也很好奇邻居们都收到什么新鲜的东西。但此时此刻，我穿着件脏兮兮的粗布旧衣裳，手上全是泥巴，实在不愿这副模样去和邮递员聊天，于是就在原地没有吱声，等他把信件投进邮箱之后才慢慢走过去拿。

和往常一样，信箱里没有什么特别的东西。几张广告单，一张我母亲从巴特维尔东根的一家疗养院寄来的明信片，此外，还有一个没有贴邮票的信封。我看了一眼那个信封，心里登时有种不好的预感，因为上面只用铅笔写着几个字：莱因哈德亲启。

第四章 珍珠

乔治·德·拉·托尔的这幅画构图很巧妙，他把忏悔的玛格达莱娜安排在画面中金框镜子的侧面，镜子前面点着一根蜡烛，烛火在镜中映射出来。这个有名的戴罪女人神色平静地坐在镜子和烛火前，膝上搁着一个骷髅头，纤细红润的双手则交叠放在骷髅上面。一头长发垂直地披在身后，脸则侧过去，仿佛是在刻意避开看画人的目光。她膝上那颗白森森的头骨衬在红色的长裙上面，仿佛只是她的一只宠物猫咪。

画中的玛格达莱娜没有戴首饰，卸下来的一根长长的珍珠项链放在一旁，在烛光的映照下闪着光。在即将燃尽的蜡烛和那个骷髅头的衬托下，这种世俗的物件显得有些苍白和多余。

有一句人们耳熟能详的谚语，叫作"明珠莫暗投"。估计在这幅画中，玛格达莱娜也不愿再自甘堕落了，因此她郑重地取下珍珠项链，坐在昏暗的烛光下，虔诚地忏悔自己的罪过。

我静静看着画中那串珍珠项链，不由得又想起那封没有贴邮票的信来，可以肯定，那是有人刻意放在我们的信箱里的。

隔着信封，我能摸到里面装着一个圆滚滚的小东西，而这个东西，就是寄信人要传达给我丈夫的信息。除了这个小东西外，我并未摸到其他什么物事，这就更加令人好奇了。我要打开来看看吗？可我之前从来没做过这样的事，但那也是因为从来都没有什么可疑的邮件到来。我看着信封上"莱因哈德亲启"那几个字，这会和之前红色心形卡上的"我爱你"出自同一人之手吗?

　　我再也坐不住了,趁着孩子们和莱因哈德还没有回来,得当机立断采取行动了。

　　要想用一把弹簧刀把封好的信封口挑开而不伤及纸张,简直太难了。我想了想,干脆把信封放在水蒸气上面熏,这个办法也是我之前在某处听说的,除非对方是用万能胶封的信封。

　　幸好,这个寄信来的女人只是用唾液把信口封了起来,所以没几分钟,信封便毫无悬念地被打开了,一粒圆滚滚的珍珠从里面滚了出来。可惜的是,信封内并没有附加写有只字片语的信纸。

　　到底会是谁给我丈夫寄了这么一样饰品?珍珠的含义和红玫瑰一样吗?我先前听母亲说过,珍珠代表着眼泪。

　　会不会是他从前的情人?也许莱因哈德在他们相恋时,曾送给她一颗珍珠,现在感情不在,所以她便把这所谓的定情物给还了回来。我脑中千思百转,想不出个所以然来,眼下当务之急则是如何处理这封信。是把它重新封好,装作不甚在意地放在我丈夫桌上,还是把这颗珍珠连同信封藏起来,当作从没有发生过这件事?

　　我正愁肠百结的时候,家里的电话忽然响了起来,我拿起话筒问道:"找谁?"

　　那端顿了一下,接着传来一个略显迟疑又有些陌生的声音:"是安妮萝丝吗?"

　　我吓得几乎要跳起来,浑身颤抖着,这个所谓的情敌竟然直接打电话过来了!

　　但很快我便意识到,来电话的是我同父异母的姐姐艾伦。她参加了一个成人大学的旅游团,刚巧来到我们这个城市。她说,自己只有两个小时的自由时间,之后就要离开,问我有没有时间和她在一家咖啡店见一面。我能说不吗?只得匆匆开车将她接到家里来,因为孩子们快放学了,我不想他们回到家看不到我。况且,我对艾伦也充满了好奇心。

艾伦像大多数年轻女孩子一样，将长发披在肩上，能看到里面夹杂着些许白发。她的衣着和发型搭配得不是十分合适，上身穿着一件天蓝色家居套装，脚上穿着一双凉鞋。一番打量下来，我觉得她倒是和父亲有不少相似之处。我们之间虽然还有点尴尬，但这次主动约见能够成功，她显得很是高兴。"除了你之外，我没有什么亲戚了。"她说，"如果连我们都不相往来，那就太遗憾了。况且，你跟父亲太像了，简直是一个模子里刻出来的。"

我一边应着她，一边开始着手准备煮面。她来的这个时间十分不凑巧，刚好是我要给孩子们做晚饭的时候。此外，由于没有丝毫的准备，家里的一切都乱糟糟的没有收拾，我一面尴尬地向她表示着歉意，一面走进厨房。过了片刻我又匆匆跑进储藏室，想找一罐鸡油菌或者是海鲜罐头来给意大利面配餐，但却一无所获。艾伦很喜欢我们的房子，还主动提出要用小萝卜做一个沙拉，她主动示好的态度很快便把我内心的偏见和拘谨消除了。

当孩子们放学回来后，我们几人便坐在厨房里其乐融融地用餐。看到家里来了个陌生的姨妈，还手把手教他用厨房那把蓝色的剪刀把面条剪断时，尤思特兴奋得手舞足蹈。据我所知，艾伦已经寡居了一阵子，她希望能改变眼下的生活，所以在发现旅游的乐趣之后，就全心投入了进去。饭后我煮了咖啡，但艾伦赶时间，我得尽快把她送回到大巴那里去。

"你看，"她在随身带着的那个难看的白色包里面摸索着，"我把之前的老照片带来了，现在翻拍旧照片已经花不了几个钱了。"

我其实很喜欢照片，尤其是老人们放在巧克力盒子里面的泛黄的老照片，甚至有的连边角都卷曲起来。艾伦把那些陌生的照片一张一张铺在黏糊糊的餐桌上，有祖父母去度假时站在砾石上面的照片，有父亲拿着一把铁铲、只穿了条泳裤站在那里，艾伦则和一只牧羊犬站在他旁边的照片，艾伦母亲的婚纱照，还有早已去世的叔公叔婆们的照片。看到这些，我又是惊喜又是感激，连珍珠的事也顾不得再想，一心听她给我讲解照片里的每一个人。

"真遗憾，"我说道，"现在的人很少去拍什么全家福照片了，大概因为平日里拍照就十分方便，所以反而忽略了这种有特殊意义的照片。再加上现在的家庭规模也越来越小，几乎很难有机会能聚在一起。你看，我们两个和父亲就没拍过一张三人合影。"

"可惜现在说这些也晚了。"艾伦说着，语气有些伤感。

她这话我并不赞同，既然现在连老照片都能翻拍，那么为什么就不能合成一张照片呢？

艾伦不置可否，她觉得我说起来容易，实际操作要复杂得多。那么我想要画一幅全家福是不是又另当别论了呢？我先前已经成功画出了那么多玻璃画，或者我真的可以尝试画一幅画，把家中那些已经过世的人和现在的人聚集在一个夏日的花园里。

我半张着嘴，呆呆望着艾伦，眼前却浮现出一幅画面：祖父母和外祖父母分别坐在轻便的藤椅上，而一众叔叔阿姨、艾伦的母亲、我的母亲、我和艾伦、我早夭的小哥哥马特、莱因哈德，还有我的两个孩子，一众人站成一个半圆，将老人们围在中间，我觉得这个设想简直太棒了。

当晚，莱因哈德回来得很晚，当他疲惫地坐下来准备吃晚饭时，我一边跟他说起艾伦，一边顺手把已经重新封好的信封推到他面前。我面上故作平静，实则在暗中观察他的反应。

莱因哈德把盘中剩下的面一股脑都塞进口中，一边听我说着，一边含糊地说外面好像要下雨了。他随意拆开那封信，里面的珍珠登时滚到了桌子上。"这是什么？"他有些不解地问道。

"我看看。"我装作毫不知情的样子拿过珍珠，反复查看。

莱因哈德忽然恍然大悟般吹了个口哨，说："那个混小子！拉拉真应该给他点颜色看看！"

"不是他。"我提醒道，"你看信封上写着你的名字，这显然是给你的。"

莱因哈德把信封上写着的字看了一遍，又翻来覆去将信封里外都查看了一番，说："我不知道是谁。"

可我并不打算放过他，我要把他那些见不得人的事情都扒出来。莱因哈德仿佛坐上了审判席一般，一会儿极力强调自己是无辜的，一会儿辩解自己并不是头发情的公羊，一会儿又说我才是个愚蠢的母亲。到最后，他气急败坏，一面骂着"去他妈的混蛋"，一面把那颗珍珠扔进了垃圾桶。不过后来，我又把它给捡了回来。

莱因哈德发的这通火让我又对自己的判断摇摆不定起来，我不禁猜想，或许寄信的这个人只是个诚实的路人，他无意间捡到了莱因哈德丢失的珍珠，于是就送还了回来。

但莱因哈德觉得这纯粹是无稽之谈，他并不会在口袋里放什么珍珠，更不会像童话里的公主那样随意抛撒它们，他这辈子从来没有收藏过任何珍珠饰品。"不过，有可能是戈尔松。"他半开玩笑地说道。戈尔松是他办公室里负责打扫卫生的女人。

"我很是爱听你说起对你姐姐的看法，但我根本不想听你那些无中生有的猜测。你大概有半辈子都没见过你姐姐了吧，她对于你来说几乎是个陌生人。可现在你脑子里全是什么玫瑰啊、心形卡片啊、珍珠这些乱七八糟的东西，我有时候觉得你简直就是为了制造恐慌，而想象出来这些东西的。"他决定周日晚上亲自蹲守，抓住那个送东西的神秘人。"哪怕熬一宿我也要抓住他！"他尖着嗓子说道，声音大到几乎刺耳。

但在我看来，他说的这些话，只能证明我在他眼里，的的确确是个神经过敏的女人。

折腾许久，我们终于躺到床上准备睡觉。莱因哈德不一会儿便打着鼾睡着了，我默默地哭了会儿，也睡了过去。夜里，我梦到了艾伦，她如同暗夜女王一般坐在如钩的一弯新月上，穿着一身镶满珍珠的衣裳，在我耳朵边尖声警告着。那声音我再熟悉不过，和我小时候听到的一只濒死的老鼠的叫声一模一样。

为了分散注意力，我开始着手设计那张全家福的构图，因为这会占据我相当大的精力和时间。母亲患了背疾，这时正在一家温泉浴场疗养，我便写信给她，请她抽空寄两张马特的照片给我。我私心里是想要寄一张给艾伦，让她也认识一下这个同父异母的弟弟，但我并未对母亲说起这个想法。

我从剩余的那些玻璃里面，找出一面最大的，开始在上面画人物的分布草图。这幅画最大的困难就在于照片上的人像本身就大小不一，而且人的头部整体看上去又显得太小，所以无法直接照搬到画上，必须对照片进行放大。

我对祖母的印象尤其深刻，她坐在一张带靠背的高脚椅上，姿态端正，两手交叉放在身前，一头白发高高梳起来，穿着一身深色带着滚边的衣服，脖子上则戴着一串精致的珍珠项链。这幅场景看上去十分熟悉，仿佛只要在她手里放一颗骷髅头，她就立刻变身为忏悔的玛格达莱娜。我隐约记得父亲曾说过，祖母对他十分严厉，经常用汤勺揍他。但我出生的时候，父亲的年岁已经很大了，祖父母早已过世了。

在距离下一个玫瑰周一还有四天的时候，我意外收到艾伦寄来的一个包裹。包裹不大，摸上去有些硬。拆开之后我吃了一惊，里面是一幅水彩画，被两片厚纸板小心地固定着，这竟是我父亲年轻时所画的。我无论如何都想象不到，父亲当年竟然还有着画画的兴趣。画面上是一片没有什么辨识度的风景，都是很常见的景色：一条小溪、一棵树、一片草地和一片夜空。这幅画让我对父亲的印象忽然变得亲切起来，几乎超越了记忆里所有温情的回忆。几乎是同时，我决定改变他在那张全家福画里面的形象，不再把他画成一个病恹恹的老人，而是一个正在画这幅水彩画的年轻男人。

莱因哈德今日回来得比平时早一些，他到家时，我还坐在餐桌旁，桌上摆着一大块玻璃和一堆散开的照片。玻璃画板上已经被我画上了粗略的人物草图，莱因哈德并不知道我这幅画的意图，只是看着那块宽宽的玻璃板，半开玩笑地问道："你这是要临摹列奥纳多的《最后的晚餐》吗？"

我急忙兴致勃勃地把前因后果解释给他听。

"挺好的嘛，还把我算在内了。"莱因哈德说着，语气带了一丝嘲讽，"那么，你打算把我的那些亲戚安排在什么位置呢？"

我愣了一下，这件事被我彻彻底底给忽略了，自始至终我都把全部的心思放在了自己的家族身上了。于是我不得不扳着手指头重新计算了一下，除去我的叔叔和婶婶们，已经足足有十三个人了，而且我还要把他们全部一一安排进那座小花园内。

"不行，人太多了。"我摇着头说。

莱因哈德登时没了兴趣，话头一转，问道："何时用饭？还有，你又把签名册收到哪里去了？"

我察觉到他话语间带了些许斯瓦本用习惯，这是他有些生气的表现。于是我立刻将摊在桌子上的那些杂物收拾干净，并承认自己到现在连一个字还没有打，而后便匆匆跑去准备晚饭。

莱因哈德有些懊恼，说："这样下去不是办法，我得聘请一个专业的打字秘书。"

尽管我觉得这不失为一个好主意，但其实我内心十分明白，他之所以要找一个秘书，并不是为了替我减轻负担，而是因为我对于工作的投入不够多，这让我感到受到了很大的侮辱。

但莱因哈德显然意犹未尽，所以我不得不继续听他抱怨。他说我先前只是有一点歇斯底里，但现在更甚，肯定是患了什么奇怪的精神病。这个老一套的说辞我早就听腻了。我觉得，但凡丈夫对妻子有所欺骗的时候，妻子总是依靠第六感来发觉和揭穿他们，于是这时候，他们就会把这种第六感说成是胡思乱想，更有甚者，干脆说成是有精神病。我在心里反反复复咀嚼着，他一直强调我疯了，是不是真的希望我精神出问题，进而失控，甚至于是希冀我因此而自寻短见？可我并不吃这一套！我不由得想起电影《煤气灯》，还有许多小说里面那些相似的情节，这种事的出现，不都是有预兆的吗？

翌日，我采购完没有直接回去，而是绕了个圈子，来到莱因哈德办公室所在的那条街。一般来说，他在去建筑工地之前都会提前往家里打个电话通知我，如果我不在家，电话就会自动转到答录机上。莱因哈德的车就停在街边，那么他此时此刻应当如我所预料的那般，正坐在办公桌旁。我仔细看了看他的车子，雨刷上没有别着什么玫瑰花，其他部位也没有可疑的迹象。然而，当我抬起头，往他位于二楼的办公室望去的时候，却惊讶地发现，在他的窗台上放着一束矮玫瑰，这并不是我买的。这束花到底会是什么来头？会有一个合理的解释吗？我应该保持理智，不能劈头盖脸就是一通毫无根据的欲加之罪，这样只会让他敏感的神经更暴躁。

莱因哈德从不买花，就连盆栽也不碰。他认为大自然中已经有足够的花草来供人采摘。此外，当他生气的时候，就会到花园里发泄。这里拔掉一丛灌木，那里修剪掉一棵树，换成他从树林里拔回来的小松树，和园中已经长了一年的向日葵争夺阳光。更让人生气的是，他还用褐色的栅栏把花园围了起来，再搭一个布满藤蔓的遮阳棚，竖起绿色的篱笆，甚至还用铁路枕木做了阶梯，把一座好好的花园搞得支离破碎。尽管如此，我还是十分高兴，毕竟他替我分担了不少沉重的活计。

因此，当露西来找我的时候，便对我的这个苦恼十分理解。因为高福利特同样也在她的花园里大加破坏，自从他对异国植物产生了浓厚的兴趣以来，这种情况便愈演愈烈。他的那些讨要来的或者是度假时带回来的植物枝叶通常并不适合在我们这样的气候下存活，于是他便眼睁睁看着那些植物枯死，或者整日像照顾得了重病的孩子一样忙前忙后。高福利特也是个听不进批评的人，他更喜欢人们对他那些毫无意义的劳作进行赞扬，甚至于给予奖励。

　　相比之下，塞尔维亚就轻松多了。她在家中安安稳稳地手握大权，掌控着一切。每到阳光灿烂的周末，她要么是在马背上度过，要么就是坐在花园里大声发号施令："伍德，该去给天竺葵施肥了！""夏天到了，把小鸟巢移到地下室去！""伍德！花畦上已经长满了荨麻！"伍德兴许喜欢拈花惹草，内心有所愧疚，所以对于这些颐指气使全盘接受。

　　但我们却毫无办法，花园只有几平方米大，两个人都想在这一小块地方满足自己的兴趣，还要花费一定的工夫在里面以取得和平一致，这简直是一件不可能的事。大概在创世纪初始，天堂里的那个小花园里就是这种情形。人们为到底应该种橘子还是柳橙、该种青苹果还是红苹果争论不休，本应平静的伊甸园上空时不时便会爆发出尖叫："人怎么会有这么差的品位！""你简直无可救药了！"我估计上帝大概是总在宁静的修道中被扰，忍无可忍之下，才把亚当和夏娃赶出了伊甸园。所谓的原罪只不过是个借口，上帝真正的目的只是摆脱掉亚当和夏娃这对聒噪的男女而已。

　　此时此刻，我的亚当在办公室的窗台上摆了一束玫瑰花。当时在装饰办公室的时候，我尽可能地站在他的角度考虑，花了相当大的工夫替他减少麻烦。我选了厚叶的盆栽植物，因为这种植物最容易照料和养活。可如今，这束异于寻常的玫瑰花到底是哪儿来的呢？它又意味着什么？这些问题在我脑中百转千回，直到那家餐厅仿佛不经意间进入我的视线——那家出现在莱因哈德钱包里账单上的餐厅。在此之前，我从未到这家餐厅用过餐。

这家餐厅看上去很是高档。远远望去,大门前黄色的弧形帐篷闪着阳光般的灯光,而门口的桂花树就像是迎接客人的侍者一般伫立在那里。我脚步顿了顿,看到了旁边的停车场,便径自走了进去。就这样,我便状似不经意地走近了餐厅,开始看张贴在外面的菜单。菜色十分丰盛,有鲜美的烤猴头菇,罗勒调味的意大利水饺,藏红花酱汁烹制的石板菜等许多美味佳肴。尽管我看得口水直流,但却没有找到所谓的超值全餐。难道我弄错了吗?但是莱因哈德的账单上明明白白写着有一份 T 骨牛排和一份超值全餐,在我看来,一份牛排已经足够一人食了,所以那份超值全餐就格外令人不解。

尽管我早就想回去了,但还是鬼使神差地走进餐厅,给自己点了一份元老煲。这家餐厅的食材十分美味考究,切成小块的肉片搭配沙司酱,鲜嫩的芦笋配着现烤的吐司。自结婚以来,我再也没有独自外出用过餐,也从未像现在这样肆无忌惮。这个时间,孩子们大概已经到家了,但我已经懒得去管了,并紧接着又给自己点了一大份白糖佐水果和一些小吃作为饭后点心。这样的奢侈行为大概在莱因哈德眼里根本不算什么,兴许他每个中午都会到这里用餐。尤其是近日来我在垃圾桶里发现了他丢掉的黄油面包,这让我十分委屈。这些面包都是我仔仔细细涂好的,他却就那样丢在废纸篓里,连厨余垃圾箱都懒得走过去。

当我终于心满意足饱餐一顿回到家时,看到拉拉和尤思特正在自己煮饭。炉子上煮着西红柿酱汁,正咕噜咕噜沸腾着,而另一只锅里煮的米饭因为水放得过少,已经煳在了锅底。

第五章 猫桌

很多时候，人们内心十分清楚正确的言行举止是什么，但等到真正付诸实践的时候，却又完全变了味道。"那束玫瑰花是谁送你的？"我干脆直接问莱因哈德。

"什么？发生了什么事？"他含糊应着，明显是为了争取一些思考的时间。后来，他总算是说出了个所以然来，说花是自己去庆祝福尔曼乔迁新居时，对方送给自己的。"福尔曼说：'送给你的妻子。'"莱因哈德说道，并表示早就猜到我会对此大做文章，所以干脆将花放在了办公室。

"你要怎么证明你说的都是真的？"我大叫道。

莱因哈德跳起来，跑到电话机旁边，就要给福尔曼打电话，想要当面向我证明，那束花到底是怎么一回事。

我急忙把话筒从他手上夺下来，福尔曼是我们十分重要的一个客户，更何况他们还有很大一笔欠款没有付清。

"他们肯定会以为我疯了一样地猜忌和嫉妒，或者以为我是个精神病！"我大声说道，什么都比不上这件事更让人丢脸的了。

"这可是你说的。"莱因哈德说道。

今天本是全家按惯例一起用餐的星期天晚上，尽管已经距离我们的争吵过去一小时了，但莱因哈德依然不愿意搭理我。他装了满满一盘饭菜，把我和孩子们留在厨房里，自己跑到了隔壁的客厅里。他打开了电视，一边吃着饭菜，一边看新闻。

"他从来不让我们在吃饭的时候看电视。"拉拉嘟囔道。

从客厅里传来一句话，是孩子们根本无法理解的："丘比特所做的事，根本不允许一头牛尝试呢！"

拉拉轻轻敲了敲额头。

"爸爸真没有礼貌，应该罚他去坐猫桌。"尤思特十分放肆地说道。

我瞪了他一眼，他这才闭上了嘴。

耶立米·范·荣赫有一幅作品也可以被称为是猫桌。画面中，大门敞开，在一片昏暗光线中，四个人正坐在饭店里大肆畅饮。看上去正值午时，饭店内一片忙碌的场景。厨房间宽大的餐桌上摆满了已经处理过的食材：圆盘子上搁着一条熏好的鲭鱼，正等待被端上桌，一旁的玻璃酒杯里已经盛满了葡萄酒。还有一条烹煮好的鱼，盘中点缀着葱和柠檬，也在等待上桌。还有一只被蒸熟的龙虾，浑身通红，占据了画面的绝对亮色，十分引人注目，四周则用红红的螃蟹装饰着。旁边放一个闪着光的铜臼，小碗中装着新鲜的橄榄，让人忍不住想要伸手去拿一颗。一个年轻的姑娘双手举着一块牛的内脏，案板上则放着牛肺、牛心和气管，还有一只料理干净的鸡和一个调料袋。除此之外，还有一颗湿淋淋的甘蓝、一盘黄瓜沙拉、 块白面包和半只羊，都在等待烹饪。热情洋溢的年轻姑娘在炉火的映照下，脸颊上显出一丝红润，嘴角上扬，露出一丝微笑。她就像是童话中的乡村少女一样，穿着一件黑色的束身衣，外面有一排软扣，为了更加方便在厨房里进行各种工作，里面套着的白色衬衫袖子向上卷起，而红色的裙子则和桌上硕大的龙虾相得益彰。满满一桌子的食材，这位勤劳的姑娘该从何入手呢？但无论如何，她都无法顾及那只饥肠辘辘的小猫了，而此时此刻，小猫的前爪已经触到了羊肉。这只小猫是餐桌上唯一不在烹饪计划中的动物，它只是来寻找食物。当然，它也不是一个鬼鬼祟祟的小偷，而是一个大胆的猎食者。

当电话响起来时，莱因哈德的气还没有消。来电话的是罗斯德先生，一个相当难缠可怕的人。放下电话，莱因哈德自言自语地说道："这辈子我一定要自己造一幢房子，不在乎它会花掉多少钱。"听到这番话，我不由得替他感到难过。

等到孩子们终于上床睡觉去的时候，莱因哈德开口说道："等再过一会儿，天黑透了，我就到你的车里埋伏起来，是时候让一切真相大白了！"

十一点钟的时候，我先去睡了，他躲进了我的车子里，因为从那里不仅可以看到他的车子，还能看到我们的大门。我提出陪他一起，但被他拒绝了。我想，如果那个神秘的女人不是陌生人，而是一个我们熟悉甚至关系不错的人，他也许并不会跳出来揭发她，而是会在第二天早晨抱怨自己白白等了一整夜，而这一切都是因为我的缘故。

就在我迷迷糊糊睡了过去的时候，忽然被关门的声音吵醒了。我看了看表，已经是夜里三点钟，莱因哈德在走廊里生气地说道："你到底想干什么？"

我急忙披上浴袍，光脚从楼上走了下来。莱因哈德正在给一个年轻的女人拉开客厅的门，我也跟在后面走了进去。

我上下打量着这个被抓住的罪魁祸首，不由得想，这几乎只是个孩子。她给我一种很熟悉的感觉，似乎以前是见过面的，也许她就住在附近，我买菜的时候曾和她打过照面。她颇有礼节地和我握了握手，说："我叫伊穆克。"她一双无辜的蓝眼睛安静地看着我，我甚至不知道该如何对待她。

"我们不能坐下来谈谈吗？"我问莱因哈德。

他看上去十分疲惫，开口说道："你以后不要再做这样的事了！"语气里带着一丝严厉。

伊穆克却一直紧盯着他，脸上还带着微笑。

我开口责备道："你为什么一直给我丈夫送玫瑰花？还要在半夜插在他的汽车雨刷上？"

但她却毫不隐晦，天真地反问我们，她这种行为是否违法甚至带有恶意。

"不，但这无聊透顶，而且多此一举，很抱歉，你到底……为什么要这么做？"现在连莱因哈德都开始好奇起来。

伊穆克有些无措，她问莱因哈德："我可以和您单独谈谈吗？"

"我和我妻子之间没有什么可隐瞒的。"莱因哈德习惯性地应道。但当他看到伊穆克沉默不语时，便冲我使了个眼色，于是我会意地退了出去。

厨房和客厅之间是有一个小小的递物窗的，但由于我们通常都在厨房用餐，因此这个递物窗几乎从来没有使用过。我在这扇小窗上挂了一幅自己画的画，而且这幅画有着我独特的设计：这是一块双面玻璃，每一面都有一幅创意画作。但谁又会注意到我的这个创意呢？伊穆克此时正背对着递物窗，我悄然将玻璃画取下来，之后搬了张凳子坐下。这样一来，我就有了一个包厢式的位置，既可以听到他们说了什么，也可以看到外面的场景。

伊穆克算不上光彩夺目的美人，但却年轻美丽，大约二十岁出头的模样。穿着既不前卫也不奢华，但也算不得保守。此刻她穿了一件灰色的旧 T 恤和一条宽松的裤子，动作稍显笨拙，长长的浅棕色头发垂下来。她瞪大眼睛，毫不回避地看着莱因哈德。

被这样一个年轻漂亮的女人所爱慕，我丈夫似乎有些受宠若惊。但他依然坚持要她对每周送花这件事，给出一个合情合理的解释。

原来，几个星期之前，她捧着一大束玫瑰花经过我家门口，有一束花恰好掉在了地上。当时莱因哈德正准备上车，他便把花捡起来，并微笑着看向她。她也正是这个时候从他的眼神中读出了某种含义。

"什么含义？"莱因哈德不可置信地问道。

"我们是天生的一对。"她说。

听到这里我恍然大悟，我不应该怀疑莱因哈德在外面拈花惹草，因为这姑娘根本头脑就不清楚。

"因为我们是在星期一相识的，而且当时我手里还捧着一束玫瑰花，所以我就在每个星期一的晚上给你送上一朵玫瑰花。当你把玫瑰花放在办公室的窗台上时，我觉得我们之间的距离更近了，而且一切都进展得很顺利。"

这么说来，她已经知道了莱因哈德办公室的位置，这孩子真是疯了。不应当再对她那么客气了，我想，这个女人是我心情大变的根源所在。莱因哈德继续问道："珍珠又是怎么一回事？"

这大概是伊穆克误读了他另一番示意之后所做的回应。当她说出一个日期时，我几乎有些狂躁了，因为那天刚好是尤思特的生日。我内心不由得紧张起来，控制不住打了个喷嚏。

"你和朋友站在门口，"她说道，根本没有注意到方才我发出的动静，"他也牵着一个男孩。"

她说的应当是高福利特，那天我们给孩子办了一个生日宴会，他是来接卡尔回去的。

她继续说道："我刚好从旁边经过，听到你很清楚地说道：'这个姑娘真像一颗珍珠。'你还盯着我看了一会儿！"

莱因哈德回忆了一下，终于忍不住笑了起来，说："那是因为我的朋友向我打听有没有靠得住的清洁女工，我向他推荐了戈尔松……"和他往常的习惯一样，莱因哈德不住地摇着头，口中念叨着"这不可能"，接着又向这位半夜到访的不速之客提了一些其他的问题。

我们这才知道，她刚刚搬到这里几个月，就住在这条街的另一端。因为在瓦茵哈埃姆找到了一份不错的工作，这才从父母家里搬了出来。

"是什么样的工作？"他问道。

"医院内负责调控饮食的助理。"

我感觉时间差不多了，便走出厨房，朝着莱因哈德和爱慕他的那个女人走过去。尽管就身份而言，我才是合法妻子，但似乎她并不感到心虚，仅仅把严肃的脸转过来看了我一眼，便又转了回去。她并不多话，而是人们所谓的那种安静的女人。"我想，已经很晚了，是时候休息了。"我语气友好地说道，拿出家庭主妇的姿态，"明天是星期一，我们都必须早早起床。"

伊穆克立刻跳了起来，微笑着看了看莱因哈德，又和我们握了握手，然后便转身离开了。

"这下都清楚了，"莱因哈德说，"一个没什么恶意的小坏蛋。"

"确切地说，是个小捣蛋。"我说道。

他恶作剧般冷笑起来，说："在你看来，凡是爱上我的人，肯定都会捣蛋……"他把手臂搭在我的肩膀上，拖着我往楼上的房间走去。

我几乎完全忽略了脑中一闪而过的预警，反而十分高兴，因为终于可以安心地倒头大睡了。

第二天早晨，我在吃早餐的时候对拉拉说："霍尔格被冤枉了，他不是那个给你送花的人。"

"你怎么知道的？"

"爸爸昨天抓到一个女人，当时她正想把一朵花插在他车子的雨刷上。"

两个孩子立刻好奇地竖起了耳朵，莱因哈德还没起床，他决定今天晚一点再到办公室去。他已经自己做老板有些时候了，可还没意识到自己有晚到的特权。

"那个女人为什么要这么做？"尤思特问。

他的姐姐立刻抢答道："因为她疯狂爱上了爸爸。"

我们三个人一起笑了起来。

尤思特为了抢风头，也煞有介事地说道："我认识她！"

拉拉兴奋地拍了一下桌上的香椎，然后又打了尤思特一拳，说：

"也许她爱的不是爸爸,而是你。她长得好看吗?"

"她有时候会站在我们的房子前面,直愣愣地盯着看,很奇怪。"尤思特说,他经常在房前的路上踢足球。

他说的那个人毫无疑问就是伊穆克,这姑娘唯一引人注目的就是那双探究似的眼睛,有时候一盯能盯得过分长久。

总算等到只有我一个人在家的时候,我首先把莱因哈德所交代的打字任务完成,之后将床铺整理完毕,浇花、清洗浴缸、洗衣服……做家务的时候我通常采取一气呵成的方式,以便能尽早结束这些工作。如果孩子们能在学校里吃饭该有多好,因为我刚把手里的工作结束,坐下来准备画画时,孩子们却已经饿着肚子站在门口了。我不得不起身,把现成的比萨放进烤箱,又把冷冻起来的豌豆放进微波炉。

之后我到信箱里去取邮件,发现里面有一封信,是伊穆克写来的。她一定是半夜的时候写好的,之后在上班的路上扔进了我们的信箱。我思考了几秒钟,没有采取任何技巧,直接拆开了信。信纸是绿色的,透露出一股少女情怀,上面还印着玫瑰花的图案。

> 亲爱的珍珠王子:
>
> 　　从今天晚上开始,我就是世界上最幸福快乐的人了。我知道,你一定是害怕面对自己内心最深沉的感情,而且出于各种顾虑,不敢过多地在我面前表现出来。但请相信我,我是唯一能理解你、帮助你的人。从你的眼神中,我看到你过去所遭受的创伤。到现在为止,你一直生活得十分寂寞,但一切都开始放晴了。
>
> 　　　　　小蜜蜂送给她的白马王子的无数祝福

如果不是感到有点悲哀,我简直要笑出声来。莱因哈德真的是一个内心受创、孤单寂寞的童话王子吗?不,他从头到尾都只是一个平凡实际的男人,可以说,他是从栎树桩子里面雕刻出来的一个硬货。

伊穆克更多的是让我感到担忧，她不是所谓的放荡的情妇，不必剑拔弩张地大骂她一顿。她年龄尚小，只有二十一岁，还是个脆弱的孩子。人们唯有小心谨慎，才不至于伤到她。不过，她也必须意识到自己将感情放在了错误的人身上，这是浪费时间，也毫无益处。我希望能亲口告诉她："你应当找一个年龄相当、才貌俱佳的男人，而不是莱因哈德这样结了婚，还有两个孩子的人。你这是在糟蹋自己的大好青春……"

尤思特提出想要去找他的朋友卡尔的时候，我也决定和他一起去。我必须找个人聊聊这件事，但又不愿意把自己所有的隐私都暴露在塞尔维亚面前，那么，露西会不会是一个更好的倾诉人选呢？拉拉也跳上了车要一起去，原来是卡尔的天竺鼠刚生了一窝小天竺鼠宝宝。

我很清楚，面对这一窝刚出生的小天竺鼠，又会产生不小的矛盾。

"妈妈，你放弃吧，你会……那个叫什么来着？"

"过敏反应。"我像往常一样回答道。

露西认真听完来龙去脉，立刻给高福利特打了个电话。高福利特在一家出版社工作，他在电话里对露西交代了一番，让她去找一本书。露西打完电话，领着我走到他的书房，书架上摆着许多专业类的书。她从一排心理学分类的书目里找出一本名叫《疾病向的骚扰行为研究治疗》。她念着书名，然后翻开了书。"很多作者在这里都清楚明白地写道：患有爱情妄想症的女人会执着地认为自己的爱情是正确的，并且完全不在意自己所选择的男人是否已有伴侣，也不在意自己的电话被对方挂断了多少次，寄出的信件被退回了多少次……"

看来，这不单纯是少女情怀般的迷恋和幻想，而是一种不正常的病态，就和我那天晚上所猜测的一样。"露西，我该怎么办呢？"

她思考了一会儿，说："应该态度坚决，而且我觉得这已经能证明她就是患了妄想症。那孩子叫什么名字？"

"伊穆克，不过她已经成年了，而且长得也很漂亮。"

露西犹豫了片刻，接着表示自己会和高福利特讨论一下，毕竟他在心理学方面有更为深厚的知识。除了神学和医学外，高福利特也研究学习过心理学。

和往常一样，大约一刻钟之后我的眼睛就开始流泪。从猫身上掉落下来的毛几乎散落在房间里每个角落。在她家里我总是坐立难安，但到外面的花园去，天气又有些凉。于是我干脆把孩子们叫过来，一起开车回去了。

当我把拆开了的信交给莱因哈德的时候，他皱起了眉头，显然对作为妻子的那份极度好奇心和抱怨不屑一顾。他取出信开始仔细看起来，接着表情也变得开怀起来。"你知道吗？你的丈夫原来是个珍珠王子！"他说道。

"这并不好笑。"我说，我感到他把幽默感用在这件事上面是完全不合适的，"伊穆克这种行为是不正常的，是一种病态心理，露西也这样认为。"

但莱因哈德却并不这么认为，他不愿把这样的爱慕当作是一种病态的妄想。"她是有点过火了，但是你想想看，多少年轻的姑娘一看到埃尔维斯·普雷斯利[1]，就激动得几乎昏了过去。一样的道理。"

"但是换个角度来说，她已经高中毕业了，不但接受过正规的教育，而且现在也有了一份正规的工作，应该不至于会有这样的举动。"我半是劝说半是反驳道。

在经历了不甚愉快的几个星期之后，我不愿再和莱因哈德产生什么冲突和争吵了。当然我也十分庆幸，本以为他在外面做出了什么不忠的行为，但好在已经证明这纯属无稽之谈。我决定放弃用高福利特那一套心理学理论来烦他，光是应付家里的事就已经够他忙活了，况且他还要去给车子加油，我正等着用车。

到了星期二，我又开始画画了。画中位于最前排的孩子们应该坐在草地上，拉拉穿着一条夏天的褶裙，不过这条裙子现在还没到手，

---

1 指猫王，美国摇滚歌手。

因为塞尔维亚的女儿还在穿，要等过一阵子才能送给拉拉。站在旁边的是尤思特，手中抱着一只天竺鼠，因为我过敏的缘故，他无法在家中饲养它。其实，这里还应该有一个孩子，那就是我的哥哥马特。只可惜，他在一岁的时候就去世了，我应该把他画在最前排，否则就变成和拉拉一个辈分的人了。实际上，他是孩子们的舅舅，希望母亲能尽快把马特的照片寄来，这样我就能画出一个比较相近的样貌来。

信箱里果然躺着一封母亲的来信，但同时也有一封伊穆克的来信。我拿起红笔，毫不犹豫地在信封上写上"拒收，退回原址"几个字。但很快我便发现，这封信不是通过邮局寄过来的，那么我该如何退回呢？贴张邮票吗？她的住址距离这里顶多不过一百米，而这时候她应当不在家。我脱下画画时的工作服，走出了家门，这种事情越早解决掉越好。

房子门前的垃圾桶大敞着，莱因哈德又把他纸篓里的废纸倒了进去，压根没有根据规则把玻璃、湿垃圾和可回收纸张进行分类，我叹了口气，只得动手重新收拾了一番。

走了没几分钟，我便走到了一幢用来出租的房子前面。这座楼一共分为八个单元，伊穆克就住在顶楼。我刚想把信扔进信箱，一个老太太拎着垃圾桶从里面走了出来。"你找谁啊？"她问。

"我只是来送一封信。"我应道，随即又趁机问道，"您认识住在顶楼的那个年轻姑娘吗？"

"认识，她叫伊穆克。除了我之外，她是值日的时候打扫最认真的人。"

我们两人不约而同笑了起来，仿佛是拉家常的寻常家庭主妇一般。之后，我又匆匆忙忙赶回家，我的画还有许多工作没有完成。

坐在餐桌旁，我一抬头，就看到被我搁在橱柜上的那本高福利特的心理书，于是我复又放下手里的工作，起身将书拿了过来，认认真真看了起来。

第六章 蜂噬

"装扮精致的水仙和郁金香，远胜过所罗门的丝绸。"这是一位名叫保罗·盖尔·哈尔德的诗人所写的一首诗里面的一句，尽管这两种都是春天才有的花，但他却是在赞颂夏天。不过，假如你去看罗兰特·萨福利所画的花卉图，就会发现，所有人工制成的丝绸，都无法与这些春之精灵媲美。白色的水仙、金黄的鸢尾、绿色的菖蒲、较为罕见的蜀葵、粉色的牡丹、黄色的月季，再加上新鲜的嫩绿色点缀装饰，构成了一幅色彩明快却又不俗艳刺眼的图画。一朵朵盛开的花仿佛在望着我们，内里所透露出的些许天真烂漫，不禁让人联想到世俗所谓的纯洁和朴实，是一种略显超然的纯净之感。

显然，这位画家不但细细描绘了各类花卉植物，而且还将一些小生物栩栩如生地画了出来。这些小东西分散在画面的各个角落，肆意嬉戏玩闹。就在画中木桌下方的角落上，有一幅动物与花卉浑然一体的场景：桌上趴着一只毛茸茸的蜜蜂，旁边还有一只绿色的蜥蜴，一朵掉落的三色堇就静静地躺在它们身旁。紧挨着三色堇的还有一只蚂蚱，它就伏在一丛蓝色的花束下面，略深处的地方还有一只我最喜欢的小老鼠。在略微靠上的花束中央，还藏着毛毛虫、蝴蝶、小蜜蜂和甲壳虫。

寻味良久，我不禁想，这幅画是在暗指春天吗？还是寓意时间的转瞬即逝？又或是单纯的对美好生活的赞美？造物主无疑是神奇的，蜜蜂和蚂蚱这两种有着截然不同特性的物种，便是他同时创造出的。但蜜蜂当真就比蚂蚱拥有更多益处吗？

这幅画同时还透露着一种巴洛克式的生活炫耀，就像是那首夏日赞歌中所说的：“调动起你的心，去追寻快乐！”

如同这幅百花争艳的图画一样，保罗·盖尔·哈尔德在他的诗中，也展现出无比丰富的动物和植物的形象，就连小小的昆虫都占有一席之地：“勤劳的小蜜蜂四处飞舞，从四面八方搜集鲜美可口的蜂蜜。”

我自小喜欢昆虫，哪怕是会蜇人的黄蜂我也不怕。更何况一些谚语中提及蜜蜂就会说到诸如“像蜜蜂一样勤劳”“蜜蜂般勤勤恳恳”这样的特性，这都是极为良好的品质。但很可惜，这些褒义的词语我一概不会用在伊穆克的身上。

塞尔维亚住院期间，和内科病房的护士十分熟识。于是我便拜托她去帮忙打听了一下关于伊穆克的情况，得知伊穆克在工作时十分勤奋，不爱出风头，为人亲切随和，而且很可靠，总体来说是个性格颇有些内向的姑娘。基本上没和什么人结仇，但也没有什么深交的朋友。但这点信息对我来说，也没什么用。我既不想抹黑她，也不愿嘲讽她。我甚至觉得，作为一个旁观者，眼看着别人的精神病发作，是极不负责任的 种行为。

很快，伊穆克的信又接二连三地投了过来，我又一一原封不动退了回去。为了避免给莱因哈德增加不必要的烦恼，我宁可选择自行无视掉这件事，也没有把后来这些信告诉他。

但伊穆克发现寄信这个举动失败之后，似乎变得更加执着起来。一天傍晚，她干脆亲自上门，一动不动地坐在我们家花园外面的石阶上。我最初从窗户里看到了她，本不打算理会，没想到两个小时后，她还坐在那里。我便开门走了出去，尽量温和地劝道：“伊穆克，你在这里做什么呢？不要总是做一些毫无意义的事情。”

“我在等莱因哈德。”她开口道，“他需要我。”

“我的丈夫并不需要第二个妻子。”我说，“那些退回去的信不就是最好的证明吗？"

"那是你退回的，但你没有权利这么做。"伊穆克十分执拗，"我就在这里等他，然后亲手把信交给他。"

我失去了耐性，生气地说道："请你离开，别这么幼稚，也别再来纠缠我丈夫，他没有闲工夫跟你玩过家家。"

大概是我语气的缘故，伊穆克站起身，走到街上去站着了。我带着一肚子气回到家里，本想给莱因哈德打个电话，但转念一想，他此刻或许去了工地，或许已经在回来的路上了，那通电话根本毫无意义。思来想去，我放弃了打电话，而是一边任由孩子们在客厅看晚间节目，一边站在窗边目不转睛地盯着外面。

过了片刻，莱因哈德的车子驶入了我的视线。街边的伊穆克立刻朝他的车子走去，一边面色严肃地透过打开的车窗对他说着什么，一边将手里那沓信递了过去。她脸上毫无正常女人调情时应有的神色，似乎也并不觉得这种行为是不妥的。莱因哈德打开车门走了下来，随口和她攀谈着，而后将那沓信装进自己皮夹克的口袋里，微笑着和她握了握手。我的怒气又攀升上来，他怎么能那样做！竟然还和她握手问好！

然而还没有等我向他兴师问罪，他便先发制人责问道："这不公平！你怎么能自作主张把写给我的信退回去呢？至少你要先问问我的意思啊！"

"我只是想提前帮你处理掉不必要的麻烦。"由于心虚，我的声音不由自主放低了些，听上去有些低声下气。

而一向疲于工作的莱因哈德，此刻正兴致勃勃地坐在那里，拆开那些信，一脸满足地逐字阅读起来。读完之后，他将三封信一一折叠起来，放回到钱包里，说："这几封情书写得真是妙啊，不过鉴于某个人的控制欲太强，这几封信她是别想看到了。"

其实不用看，我也能猜到里面写了什么，也不屑于去看。但对莱因哈德来说，他对伊穆克这种行为的接受甚至认可，无疑是好心办坏事。

"等过几年你不这么神经质了，兴许拿给你看看，你还会觉得十分可笑。但要是直接毁掉，那就有点太可惜了。"莱因哈德漫不经心地又补充道。

"天！你到底知不知道，伊穆克脑子有问题！你自恋地以为自己是信中所说的王子，其实你就是个只会吹牛的蠢货！一个自以为很完美的烂菜根……"我简直气得快背过气去了。

莱因哈德毫不示弱，和我大吵了一架，但最终，他也没有把那些信拿给我看。

当他生气地来回抚摸着手里的皮夹子时，我忽然意识到一个问题，这是我之前从未注意到的。那就是莱因哈德本身拥有一种独特的魅力，此刻，这种魅力通过他那双大手，竟有种别样的性感透露出来。尽管我也十分喜欢看他温柔地抚摸某样东西，一个苹果、一段木头，或是别的什么东西，可我从没把这种施加在物体上的行为和情欲联系在一起。于是我抛开惯有的视角，试着用伊穆克的眼睛去观察他：果然，她所提及的那种所谓的私密信息从莱因哈德身上若有若无地散发了出来。当然，想要捕捉到这样的信息，必须拥有极其细腻敏感的感官。然而，假如谁能准确捕捉到这种信息，并产生强烈回应，必定是没有经历过现实生活的残酷。

此后的又一个周一早上，莱因哈德出门去拿报纸，回来时手里却多了一个包装精美的纸盒，他一脸惊讶地把纸盒搁在了餐桌上。我看着那个纸盒，内心比谁都要清楚这意味着什么：今早放在他车上的不再是朵红玫瑰，而是一盒散发着香气、刚刚出炉的蛋糕。在我眼里，这无疑是一根蜜蜂的毒刺。

"这是伊穆克昨晚特意给你烤的？"我有些吃惊地问道。

莱因哈德一边拿来一把刀，将蛋糕切开，一一分给大家，一边说道："这又不是什么坏事，难不成你要把这么好吃的蛋糕也退回去吗？"

但孩子们显然十分开心，尤思特叫道："这比妈妈烤的好吃多了！"

她可是饮食控制助理，做出来的食物当然好吃了。我不禁腹诽着。可这个几乎相思成疾的姑娘忙完这些之后，晚上还有睡觉的时间吗？她迟早有一天会放弃这种一厢情愿的行为的。

过了一阵，家中便只剩下我和这根毒蜂刺了，我又拿了一块送入口中，味道确实算得上一流，可我心里又开始惴惴不安起来。难道莱因哈德身上还有什么更特别的地方被我忽视了，却被心思通透细腻的伊穆克发现了吗？莱因哈德当真如此缺乏仰慕和称赞吗？难道他内里真的是一个满怀寂寞的王子吗？又或是因为我的情感不够细腻，所以未能发现他实际上是一个多愁善感的幻想家吗？

这之后不久，塞尔维亚邀请我们到她家吃饭，但不知为何，她同时也邀请了露西和高福利特。或许因为懒得下厨，也或许是不想在厨艺上丢脸，塞尔维亚请了一位名叫依托的泰国厨师到家里来，替她料理出一桌子的好菜。我嘴里滋味鲜美的羊肉还没咽下去，手又伸向了里面塞满肉末、柠檬草和碎柠檬叶的墨鱼。坐在另一边的莱因哈德拿起一朵用番茄雕刻而成的玫瑰花，对着灯光赞许良久，忽然像是想起了什么，开口道："我来读一首写得很美、比糖还甜的情诗，给你们当下饭菜。"

"我这些水果都是实打实的异国风味，没有加糖，都是用的蜂蜜当作料。"依托似乎觉得这话暗示了什么，不禁在一旁反驳道。

而我既不能在桌下踩他一脚阻止他，也无法用眼神示意他，因为他根本看都不看我一眼。只见莱因哈德一边往嘴里送着烤香蕉、西瓜和芒果，一边从口袋里掏出一沓信来。我看过去，那沓信并不止三四封，起码有二十封以上。很显然，在我不知情的情况下，他又收到很多伊穆克写的信。

> 我的王子！你独自站在无边无尽的荒漠中，显得如此孤独。可在我心中的绿洲上，却生长着一株送给你的玫瑰花。每一朵花苞里，都包裹着一颗珍珠……

塞尔维亚放声大笑起来，露西则努力忍着笑意，伍德不由得接连打起嗝来，高福利特干脆起身离开了餐厅。

我板起脸，声音也带着怒意："莱因哈德！你怎么能把那个女精神病的胡言乱语当众展示？你简直是无聊透顶！"

"不要紧，这里都是自己人。"塞尔维亚打着圆场，"我们不会把这些情信讲给外人听的，不过你要是瞒着我们，那才是不够朋友呢！"

伍德笑得眼泪几乎要流了出来："还真是胡言乱语，我的天啊！"

露西此刻终于和我站在了统一战线："莱因哈德，我觉得假如你为这些情书感到骄傲，那对安妮来说很不公平，你伤害了她……"

莱因哈德有些生气，有的人大概天生就缺乏幽默感，他并不为这些情书而骄傲，也没有把它们当真，他只是单纯觉得很有趣。

空气中开始弥漫起一股令人尴尬的静默，直到高福利特再度走了进来。他显然不愿被人当作是个不礼貌的客人，于是挨个儿给大家倒了酒，几个男人凑在一起，开始谈论诸如房产价格这一类的话题。塞尔维亚则带我和露西到卧室去看她新买的价格不菲的东方地毯。但我知道她其实醉翁之意不在酒，因为看完地毯，她又给我们看了许多新买的衣服。出于礼貌，我们自然也是对其大大赞赏了一番。

"其实你应该好好打扮一下自己。"虽然塞尔维亚平日里没什么主见，但此刻却煞有介事地对我说道，"你看你的身材这么好，为什么穿的衣服都和麻袋似的呢？"说完她便咯咯笑了起来，这近似于幸灾乐祸的笑声，让我忽然间顿悟了什么。这是我之前从未在塞尔维亚身上看到过的东西。

当晚告别时，我们照旧相互吻别，但这次略显醉意的塞尔维亚似乎和莱因哈德凑在一起的时间有些过长，而莱因哈德也十分绅士地配合着她。她以一种近似耳语，却又恰好能令我听到的音量说道："假如你真的是个王子，那么你要知道，睡美人是需要被人吻醒的。"

因为要开车，我倒是没喝多少酒。路上，我又累又气，根本不想说话。但当我停在一个路口等红灯时，还是忍不住开口说道："你这只蠢猪！"莱因哈德并未回嘴，而是径自拉开车门下了车，一路走了回去。

第二天早上，莱因哈德似乎还没从坏心情里面走出来，仿佛周遭的一切都不合他的意。而我也意外地发现，他竟然没收到伊穆克的来信。这不可能，我暗想，一定是我被气昏了头才没注意。

尤思特在街上玩的时候，时常能看到伊穆克，他告诉我，伊穆克惯常在下午六点钟的时候回家，并会开车经过我们的门前。于是我决定在门口等着她，有些事还是要当面和她谈谈的。

"你曾经答应过我不再写信的。"我说。

"我没有，即使我答应了，我也不会遵守这个承诺，没有什么能阻止我给爱的人写信。"她语气十分坚定地说道。

"你亲手把信交给了他吗？"我又问。

伊穆克表示自己是把信塞进了莱因哈德公司的信箱里，这样一来，我就无法从中做手脚。

客观来说，她的确是个相当诚实的姑娘，且很守规矩。"伊穆克，"我又说道，"你有没有觉得，你可能需要去看看医生？"

她摇了摇头。我本还想向她解释些什么，但她却转身离开了，徒留我一人站在原地。

"你也觉得我平常穿得像个麻袋吗？"我在给露西打电话的时候，忍不住问道。

"安妮，你想多了。难道你喜欢塞尔维亚穿的那种绷得紧紧的、晶光发亮还贵得要死的衣服吗？每个人都有自己喜欢的风格，你也是。你有自己喜欢的颜色、喜欢的款式，穿在身上也是最适合你的，不会有任何的违和感。"我不知道这话里面有多少安慰的成分，但据我所知，露西对黑色的衣服情有独钟。

"你跟高福利特说过伊穆克的事了吗？"

"高福利特的弟弟有精神分裂症，所以他对这种事相当敏感，我想最好先不要和他说。"露西说道，"不过依我的意见，你可能需要替她找个心理医生来看看。"

"说得轻巧，我绝对不会给她找什么医生的！"

"既然这样，那就随她胡闹吧，估计过段时间就消停了。不过要是她做得真的太过火的话，你也可以做出反击的。总之，我觉得有时候你把事情想得太严重了。"

最后那句话我真是听够了，莱因哈德几乎每天都要在我面前唠叨这么一句。

在高福利特的那本书上，紧接着"爱情妄想症"这篇文章的，便是一篇讲述"病态型的妒忌"的文章。我觉得我大概是和伊穆克一样，得了某种精神疾病，并且病情日益加重，无法阻挡。

无论如何，我依然希望能从画画中得到些许安慰。我的哥哥马特是出现在这幅家庭画中的第一个人，母亲寄来的照片里，他穿着一条夏天的游泳裤，但我觉得这条泳裤很容易让人联想到包裹在里面的尿不湿，所以我干脆替他换上了一身水手服，好让他能和这一代孩子区分开来。当我透过放大镜观察马特的面孔时，我惊讶地发现他跟尤思特竟然如此相像。都有着纯粹的天蓝色眼睛，圆圆的，仿佛两颗漂亮的珠子。这两双眼睛让我心底升起一丝寒意。"太诡异了！"我默念着，忽然有些想为这个早夭的哥哥哭一场。

每当我觉得自己只画了十多分钟时，其实已经过去两个多小时了。现在我已经十分熟悉这种感觉了，绘画世界里的时间总是过得飞快，就好像进入了一个童话中一样。时间似乎悄无声息地消失在一个非现实的空间内，近乎无限的时间登时缩短为几秒钟。

我忽然想到，艾伦是否也有马特的照片？趁着画画的间隙，我给她打了个电话。

艾伦在电话中表示，她本来也打算今天给我来电话，并为照片的事向我表示感谢。

我思忖了一下，还是开口问了那个近乎禁忌的问题："你知道马特确切的死因吗？"

艾伦略略回忆了一下，应道："应当是婴儿猝死吧。"

我有些糊涂了，因为但凡一个人亲自照顾过孩子，她立刻就会明白这其中的原因。猝死，一个身体健康的二到六个月的婴儿躺在小床上，悄无声息地死去了。我不禁开口问道："我不太明白，母亲告诉我，他是出车祸死去的。"

我俩无法在这个话题上达成一致，于是艾伦干脆建议我再去问一问我的母亲。之后，她话锋一转，说："我们不聊这些了，你什么时候来看我啊？你们全家一起来吧，我家里地方足够招待你们的。"

"好，那就麻烦你了。"我犹豫了一下，应道，"等到孩子们放假之后吧！"

一个早上就这样过去了，我走到炉子旁边，脑子里还充斥着玻璃画、情书、即将准备的午餐、同父异母的姐姐、早夭的哥哥……几乎把我的脑袋撑破了。我晃了晃头，忽然又想到，我是否该换身漂亮的衣服，给莱因哈德一个惊喜？紧身的衣服或许是个选择？

"你们想不想去看艾伦姨妈？"我看着桌旁正在吃炸鱼和薯条的拉拉和尤思特问道，他们大概已经忘记了这个人究竟是谁。

"哦，是那个会用剪刀剪面条，有白色头发的姨妈吗？"尤思特问道。

"我们可以带露西一起去吗？"拉拉央求道。

"还有卡尔也一起去。"尤思特补充道。

说实在的，我很爱孩子们，但有时候他们把我气得简直失去理智，恨不得扭断他们的脖子。但多数情况下我也只是想想，我连他们的一根头发丝都舍不得碰。平日里，我也喜欢忽然拥抱、亲吻他们，力气之大，常常让他们喘不过气来。但显然孩子们不甚喜欢这种行为，尤思特每次都一脸尴尬，拉拉也会一边应付地微笑着，一边挣脱开来。不过莱因哈德似乎对这样的行为并不感冒，所以但凡他在场，我都会尽量克制这样的感情流露。在我小的时候，如果我父母表露出一星半点这样的情感，我都会开心得不能自已。虽然莱因哈德在工作上十分勤奋努力，但在这一点上，他和我的母亲依然差得很远。

画面里，马特的怀里抱着一只我母亲亲手制作的玩具熊。这一点其实是不切实际的，因为马特还在世的时候，我母亲根本没有这项爱好。这使得整幅画看起来有些跨越时空的意味，当下、过去和梦想被水彩颜料涂抹为一体，同时呈现在人们眼前。我甚至可以把父亲惯常使用的苍蝇拍画在莱因哈德手里，让他看上去似乎随时准备拍死一只蜜蜂。思及此，我几乎听到他提高嗓门，用假声喊着："看吧，你再也不能蜇人了！"

第七章 捕杀

我和莱因哈德的关系还没缓和下来，母亲却忽然要来看我们，这让我打心底觉得十分为难。以我的判断，她绝对会发现我和莱因哈德之间剑拔弩张的关系。她其实没有什么高要求，只是希望我们能和她当年一样，懒散浑噩地度过漫长的婚姻。她很喜欢莱因哈德，也很爱这对外孙和外孙女，并固执地认为我是个幸福的女人。我真心希望她能早日放弃这样的想法。

当我在火车站接到她的时候，她立刻说道："你这个幸福的小老鼠！"

然而我这段时间睡眠很差，时常在夜里被噩梦惊醒。此刻身上穿着一件灰褐相间的条纹衣衫，看上去就像个斯堪的纳维亚式的麻袋。再加上我又得了重感冒，全身上下唯一显得明艳的地方，大概就是红红的鼻头了。

尽管我之前再三嘱咐过尤思特，但他见到我母亲的第一句话依然是："希望这次的礼物不是玩具熊。"

母亲大概觉得自己的外孙傻得可爱，开口道："外婆知道你已经长大了，不喜欢毛绒玩具了，所以这次给你做了一条龙。"

两个孩子举着龙跑了出去，两分钟后，那条龙就变成了一堆碎片。拉拉表示，可能外祖母根本就不懂气体动力的原理。

第二天，母亲便叫嚷着身体不适，她抱怨道："这都是你的错，你为什么要把旧的床垫换掉！我的背适应不了那张新的床垫，原来的床垫很舒服，就像睡在家里的病床上一样。"

"妈妈，这就是之前的那张旧床垫。"我解释道，"我们哪有那么多钱去买新的。"

有时候我觉得，母亲和莱因哈德之所以过得如此烦闷，很大程度上是我的原因，因为我极易动怒，还很爱斗嘴。这种感觉让我的心情糟透了，因此当我晚上在地下室晾衣服时，我故意磨蹭了好些时候。独处的时间总会让我感觉十分自在。

但当我重新回到客厅时，却发现电视机关着，而母亲正和莱因哈德一起坐在沙发上，读着伊穆克写来的信。我已经难过得肝肠寸断，可他们却没事人似的，凑在一起开开心心地打发时间，完全无视我的感受。

"太可爱了！"母亲说道，"这孩子虽然写得有些露骨，但读起来感觉天真得有点傻气。"

"你们继续笑你们的，但别来烦我，我快累死了。"我说着，转身离开了。

走到门口的时候，我听到母亲在身后说："安妮怎么了？"

莱因哈德故意抬高了声音，似乎是刻意想让我听到："她犯精神病了！"

残酷的大自然中，鸟儿似乎总也逃不开被捕猎的命运，猎人和捕鸟人随处可见。1624 年的时候，画家克里斯多夫·范·登·博尔格曾画了一幅写生图：各式各样被捕获的猎物被摆放在一张乡村的橡木桌上，供人参观。那些猎人很可能把目的地选在了湖边的沼泽或是芦苇群里，因为桌上的战利品几乎都是水鸟。如果放在今日，那么像大麻鳽这样的鸟是绝对不会变成狩猎目标的。但在那个时候，还没有所谓的保护自然或是保护鸟类这样的概念。每逢到了秋季狩猎的季节，只要是撞到枪口上的鸟儿，无一例外都会被打下。

不过今日里依然可以打到绿头鸭，这是一种有着自己迁徙规律的鸟儿，脖子上有着一圈白色的羽毛，好像是串项链。画面中不仅有绿头鸭，还有一只大麻鳽和一只修女鹅，组成了节日里一桌丰盛无比的大菜。尤其是大麻鳽，画家着实费了不少笔墨在它身上，笔法精勾细描，羽毛呈浅褐色，上面还点缀着些许黑色和深褐色的底纹。两只腿是蓝色的，末端是两只爪子，笔直朝天伸着。在它的下面，是一只修女鹅，之所以叫它修女鹅，是因为它的脑袋和长长的脖子都是黑色的，唯独脸是白色，十分引人注目。这样看来，作为一个猎人，能打到这三只大鸟已经足够有成就感了，但在它们旁边，还散落放着许多小的鸟儿。难道是不小心被连带打死的吗？这些大山雀、红胸鸲、篱雀和红腹灰雀全都成了猎人狩猎的战利品，并被当作食物，一饱口福。或许在被吃掉之前，它们还会被摆在盘子里展示一番，如同中国盘子中所摆的桃子和葡萄一样；也像装在花纹碗中的红草莓一样，诱人食欲。

和如此丰盛的猎物相比，桌上摆放的那些原本华丽的锡器立刻暗淡下来，只能在昏暗的背景衬托下，发出略显苍白的光芒。

画面左边靠前的角落里，有一朵粉色的玫瑰花。这也给了我另一个理由：我之所以十分喜爱这幅画，是因为这朵被摘下来的玫瑰花所代表的短暂和转瞬即逝，和旁边那些鸟儿灰暗的尸体一比，形成了一种颜色上的对立和衬托。

通常人们喜欢把那些既得不到保护，又没有任何权利的人称为"鸟一般地自由"。就像是每种鸟都免不了被捕杀的命运一样，那些仅仅有着鸟一般自由的男人，无论走到世界的哪个角落，都无法找到安全感。这些大型禽鸟在高空飞翔时，很难被吸引到那些纠缠在一起的树干枝条上去。但在巴洛克式的描绘鸟儿的画中，那些可爱的小东西整日叽叽喳喳站在纸条上唱歌，虽然对人类毫无威胁，却依然难逃成为盘中食物的命运。即使是这样，也难以满足那些饥肠辘辘的捕食者。对于我这么一个喜爱鸟儿的女人来说，生活在当下，我对那些猎鸟的行为感到悲伤。但若是我也生活在巴洛克时代，大抵也免不了要在帽檐上插上几根漂亮的羽毛做装饰。

我开始怀疑，是不是这位画家在作画时也起了怜悯之心？或者这仅仅是我的臆想而已，把自己内心潜在的悲伤情绪倾注到画面上，从而把这幅鸟儿与水果的多样性构图也解释得如此灰暗。

自从我越来越仔细地观察这些古老绘画中的细节后，我觉得现实生活确实美丽动人了许多，哪怕只是罂粟花瓣上残留的露水，也能让我热泪盈眶。

第二天早晨，母亲便责备我道："小老鼠，你应当注意一下和莱因哈德的相处方式。现在无论他做什么或是说什么，你似乎都持反对意见。"

"比如？"我有些生气地反问道。

母亲开始指责我把他的工作批评得一无是处，对他所建造的房子也意见百出，最后，她说："男人是需要仰慕的。"说这话时，她的表情十分严肃，仿佛在说什么天大的秘密。

"我和他是平等的，彼此像是伙伴那样的关系。"我反驳道，"如果只是我一味地顺着他，那这个婚姻还有什么意思？况且他不开心的时候，也是会这样对我的。"

"女人自然是要多忍受一些的。"母亲继续说道，"但是也不要太过于被动。我以往在对待这样的情况时，总是让步的。"

这观念简直太可怕了，我想。

尽管当下的时机并不是很合适，但我还是向母亲说起那幅家族画的事情。她起初听了之后十分兴奋，说："这是个好主意啊！你看，你爸爸、我、马特、你、莱因哈德，还有那两个小家伙，这比照片还要好几百倍！你现在已经开始画了吗？"

我不由自主地将那幅还未完成的玻璃画拿了出来递给她，上面有画了一半的马特，还有其他一些人的草图。

母亲戴上眼镜，一边看一边猜谜似的问道："哪个是我呢？"

"在爸爸左边的那个就是。"我说道。但当母亲发现艾伦的妈妈也挨着父亲时，我已经来不及遮挡了，只能向她坦白，说艾伦近段时间来看过我们。

母亲显然十分不满，语气也有些激动："安妮！这是不对的！你不能这么做！"对于艾伦前来拜访，并询问了一些我家的情况这件事，母亲相当不安，在她看来，那边的人根本不会做出什么好事。

"艾伦没有恶意，况且她也是我的姐姐，如果连姐姐都拒之门外，那岂不是更荒唐……"

"只是同父异母的姐姐。"母亲生气地纠正道。

但既然已经谈到了这个话题，我顺势继续提到关于马特的死因，我所知道的和他人告诉我的并不一致这件事来。"事实到底是怎么样的？"我问，"到底是你说的车祸，还是婴儿猝死？"

"车祸，这一点不用怀疑。"母亲说道。

"车祸也有很多原因，但你从不肯把细节说出来，这么些年来你一直保守这个秘密，到底是怎么一回事？"

可母亲忽然哭了起来，刚才我说的那番话像是触动了她某根不可明说的神经一般。我看着她，忽然也无比难过，有那么一瞬间，我甚至想把那幅画了一半的玻璃画砸碎，好彻底丢掉那些无谓的猜想。人有时不需要把每件事弄得太明白。可还没等我开口，母亲便说起了那件事，且一发不可收。

"这件事发生在你出生的前一年，那天是复活节，星期一。因为我那时候一直没有拿到驾照，所以你爸爸开车带我出去买菜，我们得为节日准备一些东西。我抱着马特坐在后排，那时候还不像现在这样有儿童座椅，安全带也是可有可无的东西。当我们从嘈杂的商店离开时，你爸爸忽然想起他保险箱的钥匙忘在了办公室，于是我们又开车去了货物仓库。等忙完这一切后，我们到家时已经有些晚了，我当时脑子里只想着赶紧把鱼、肉和蔬菜从暴晒了一天的后备厢取出来，放到冰箱去冷藏起来。其实按照以往的习惯，你爸爸会把东西从车里拿出来，而我则领着马特下车。但这一次，我一个人提着大包小包走在前面，留下马特一个人坐在后排的座位上，你爸爸则还在把车往车库里面开。当我拖着沉重的购物袋走到门口时，你爸爸已经在倒车了。我们两个谁也没有发现，其实那时候马特已经自己爬下了汽车。你爸爸在倒车的时候，把自己的儿子活活轧死了。"

我极为震惊地听她说完了这个故事。

"你爸爸脸色惨白，从外面走进屋里，把已经死去的孩子放在了沙发上。随后他便开始指责我，为什么下车的时候不关好车门，让孩子自己从车门爬了下去。但我却反驳，认为他倒车的时候为什么一点都不注意后面。但无论如何，再多的争吵也无法让死去的孩子重新活过来。安妮，没有什么能比失去唯一的儿子更让一对父母痛心的了。"

"所以在这场惨剧之后，为了弥补，你们又生了一个女儿。"我无比悲伤地说道。

第二天，母亲便回去了，走之前甚至没跟我说一句话。我虽然有些难过，但眼下的情况也只能如此。起码我和莱因哈德之间十分明显的不和睦可以对她有所隐瞒，不至于完全展现在她眼前。

但莱因哈德却认为我这么做大错特错。他觉得，首先，我不该把那幅画拿给母亲看；其次，我不该跟她说起艾伦的事；再次，不应该刨根问底去追问马特的事。"你不能去揭别人的旧伤疤。"他说，"这是大家都知道的道理，可你看现在，你又得到什么呢？你母亲只是个孤单的老太太，本来就已经很不幸了……"

我内心实则认为我母亲并没有那么老，以至于我连过去的事情都不能和她谈。于是我又和他爆发了一次争吵。有句老话是说，岳母离开的时候，是女婿最开心的时候。很可惜，这句话并不适合我家。莱因哈德和我母亲才是站在一队的盟友，他们共同的敌人是我。

现如今，无论我和莱因哈德是因为什么事情发生的争吵，最终落脚点都会在伊穆克身上。因此他经常说我有精神病，内心的妒忌就好像病态一样。"你自己想想看，我把这些信都读给你母亲听了，这说明我心里没有鬼，我是坦率干净的。但你却连一个单纯的姑娘对我表达仰慕都接受不了！她可能头脑有些问题，但在这方面……"

我没听他说完便不耐烦地打断了他："如果你是个歌星，或者是好莱坞当红电影明星，当然会有大把年轻人追着仰慕你。但实际上呢？你只是两个孩子的爹，而且是个再平常不过的普通人。伊穆克心中幻想着一个人，但那个人绝不可能是你。她内心寂寞，所以在幻想编织爱情故事。你在这方面太自负了，我没有妒忌，我只是……"

"哈哈哈哈哈哈哈……"莱因哈德竟然笑了起来。

后来，我再度尝试以一种理智平和的态度去和伊穆克谈谈，让她停止这种不切实际的幻想。但她却深信不疑，认为莱因哈德对她是深情不移的。"你丈夫改变了我的一切。"她认真地说道，"如果我之前的生活是错误的，那么唯独这段感情没有错，因为我们互相扶持，把对方从痛苦的深渊里拯救了出来。"

"那你有没有想过，我该怎么办呢？"我问。

伊穆克看着我，颇有些认真地开始思考。片刻后，她的神情浮现出一丝安慰，说道："你已经有两个孩子了，但我才二十一岁，连男朋友都没有交过。所以，从这一点来说，我等于一无所有。"

或许最后连她自己都觉得这种说法有些好笑和站不住脚，所以整个人显得有些尴尬，最终只是客套地说了句："祝你过得愉快。"便匆匆告辞了。

在这种情况下，若是身边能有个朋友一起商量是最好不过的了。我当即把塞尔维亚排除在外，或许可以借还书的机会，去向露西的丈夫高福利特请教一下。我到露西家时，她正在花园里忙活，孩子们则在玩耍打闹。高福利特已经回来了，正躺在躺椅上看书。这倒是个好机会。"我来把这本书还你。"我说道,"里面写得挺有意思的,露西肯定跟你说过我们这边的事情了吧……"

他友好地点了点头,说:"我现在在看的这本书,也是在说类似的话题。叫作《给阿道夫·希特勒的情书》。其实人们往往很难想象,女人们会在信上写些什么。比如她们会写'给我亲爱的犹如蜜糖般甜蜜的阿道夫',其实这只是在表达一种很简单的感情,但我读完却已经起了一身鸡皮疙瘩。其实她们并不是闲得无聊或是寂寂无名的女人,而是由于被当时的宣传洗脑操控,沉浸在对元首的崇拜中。但很明显,这里面有着明显的病态一般的爱情妄想。当中有些句子是这样的:'你在电台里所讲的这许多话语,我明白其中每个字的含义。'其实我们可以把这种情况和现在一些狂热的电视观众做比较,比如曾经有个女人坚持认为,电视中的节目主持人注意到了她的眼神。"

"我看了本书,上面说爱情妄想症主要出现在女人身上。"我说。

高福利特对此的解释是,这种虚幻的爱情妄想症在青春发育期也很常见,但过不了多久,现实的伴侣就会取代这种虚幻的妄想。"你们帮不了伊穆克的。"他最后说道,"这需要有专业人士介入,否则很难说会出现什么严重的后果。"

然而这种灾难性的后果似乎提前到来了,就发生在莱因哈德惯常在晚餐后去网球俱乐部打球的几天之后。

莱因哈德有个固定的打球搭档,叫作科尔哈莫,是一个五官科医生。那件事发生之后,我不免怀疑莱因哈德对我说的是否都是真话,但我也不方便直接到俱乐部去一探究竟。于是我便抱着一种存疑的心情拨通了那个医生的电话,内心却希望听到的是答录机的声音。但出乎意料,又或是我那种不好的预感成真了,他竟然在诊所亲自接起了电话,并告诉我,莱因哈德并未到俱乐部去打球。我只得胡乱找了理由搪塞了他,之后挂掉电话,陷入了沉思。孩子们还在看电视,我嘱咐了一句:"我去看看信箱。"便离开了家。

外面的新鲜空气让我觉得似乎好了一些，我从莱因哈德的书桌抽屉内找到了他办公室的备用钥匙。办公室离得并不远，我准备走路过去，一则悄悄侦查一下状况，二则看看他的工作场所。戈尔松每周固定来打扫一回，我对她是十分放心的。但我转念一想，要是这个劳碌不堪的建筑师为了挣钱买一台洗碗机，所以放弃了打网球，而是在悄悄工作，那该如何解释我此刻的行为？我边走边想，假如看到他的车子停在办公室外面，那么我便立刻掉头回家。

但如果另一个预感是正确的，那么我必须承认，我想看一看伊穆克写来的那些信，但莱因哈德一直躲着我藏着那些信。而且之前那张饭店的账单也很令人生疑，莱因哈德到底晚上跟谁在一起呢？种种疑问让我兴奋得如同小时候在家趁着深更半夜捣蛋一般，不得不说，我内心是很喜欢这种既兴奋又刺激的感觉的。

然而当我到达时，那里不但停着莱因哈德的车，还停着一辆救护车。尽管外面天还亮着，但大楼里却灯火通明。我有些迟疑地停了一下，然后走到一旁的车库门前躲了起来，既可以避免莱因哈德看到我，也可以让我有时间好好想想接下来的事。我是要直接离开吗？假如莱因哈德发现我，那么这又成了他嘴里所谓病态的嫉妒的一个大好证据。因为他说自己去网球俱乐部了，那么也就必须在外面待够足够长的时间才回家，就如同过去一贯的那样。

忽然，一声尖利刺耳的叫声传了过来。我被吓了一跳，心脏也加快了几分，为什么这里会有一辆救护车？难道是莱因哈德出了什么事情吗？

这时，楼前面的大门已经打开了，两个医护人员走了出来，手上担架抬着的正是伊穆克，此刻她两只手的关节处都被包扎了起来，莱因哈德和一个穿着白裤子的年轻男人跟在后面。"刚才的针已经见效了。"医生说，"她马上就睡着了。"

接着，医护人员将伊穆克抬上救护车，医生也上了车，车子立刻鸣着笛开走了。莱因哈德站在马路旁，四下张望着，旁边几栋房子里都有好奇的人在往外看，于是他立刻转身走回到楼里去。没有半分迟疑，我立刻也转身，借着房子的遮挡一路悄然回家，整个人都是木然和冰冷的。

晚些时候，孩子们刚上床睡下，莱因哈德就回来了。"我回来了。"他咕哝着说了句，便坐下打开了电视机。我装作完全不知情地问道："谁打赢了？"

"没有人。"莱因哈德说道，"科尔哈莫那边来了急诊，说有人鼻子出血不止，于是他便早早走了。看来，还是不能和医生一起打球的。"

"既然这样，你又是从哪里回来的呢？"我又问。

莱因哈德忽然暴躁起来，疯了一般吼道："你是在审问我吗？"说着，他把桌上放着的水果盘扔向了墙壁，苹果、香蕉、橘子纷纷滚落在沙发底下。"都是你，要是你不惹我生气，我也不会这么做！"他继续喊道。

我其实什么都知道了。他从网球俱乐部返回办公室，希望可以借这个时间，处理掉之前积压下来的工作，但心情却十分糟糕。走到楼下信箱的时候，他正巧遇到了伊穆克，当时伊穆克正打算把一个粉色的信封投到信箱里去。"我猜到会遇见你。"她兴高采烈地说道，"我的预感从来都是这么准！"

"你们互相之间已经没有那种客气了吗？"

"也不是。"莱因哈德说道，"本来不是的。"他忽然沉默了，我的心登时沉了下去，估计他也不会再对自己的行为有任何歉意。紧接着，他又开始大骂起来："我们结婚到现在，我总被说成是那个不忠实的人，但实际上我几乎什么也没做过……不管我怎么做，最终都要被误解被骂，所以我做什么还有本质的区别吗……"

我的声音也大了起来："你究竟干什么了？"

"干了所有男人都会干的一件事，"莱因哈德粗鲁地说道，"我之前只是有所顾忌。但现在不了，我确确实实和她发生了关系，然后这个小丫头就什么病都没有了。"

我简直不敢相信自己的耳朵："你撒谎！"

莱因哈德生气地用脚踩着地上的橘子，说："如果你不逼我，不总是把事情都怪到我头上来，那么这件事根本就不会发生。现在好了，你越是那样的态度，男人就越会产生这样的念头，别人……"

我气急，忍不住上前打了他一个耳光。我们从未打过架，但这次似乎莱因哈德也气极了，他踢了我的小腿一脚，把我踢倒在了地上。

随后他冲出了家门，我躺在地上泪流不止。不只因为伊穆克，也因为我们的婚姻，还有我自己。

第八章 逃避

不同于多数家庭主妇，像伍德这样在家中占据主导地位的男人，一般都会有自己独特的经营家庭的方式。他们可能从不曾给孩子换过尿布，也不曾去超市采购过食物，更不知道在圣诞节过后清理烤箱的必要性。然而，他们却对股市的行情了如指掌，十分清楚一个勤奋的女秘书的薪资身价，并且总是极其认真地阅读《明镜》[1]上面的政治评论。相比之下，莱因哈德并不属这一类人。大抵是受了家庭和学校的影响，他惯于风风火火地做事情，却对一些常理性的问题知之甚少，譬如说应当给一位兢兢业业的秘书开多少薪水。自从那个糟糕透顶的夜晚之后，我便拒绝再替他做那些抄抄写写的事情。

那晚我们爆发了激烈的争吵后，我整晚难以入睡，心中不断想着第二天早餐的时候，拉拉和尤思特会如何看待自己父亲所犯的错误。随即我又想到，不久前我曾要求莱因哈德买一台洗碗机，但他最终没有买，而是在自己的办公室内添置了一张黑色的皮质沙发。他说是因为最近的访客大都是一个家庭，之前的椅子已经明显不够用了。我却不置可否，难道客人们会拖着自己的孩子一起去谈事情吗？那张沙发肯定是他打算在办公室乱搞男女关系而准备的，想到这里，我不禁开始憎恨起这套家具了。

第二日，我刚走进浴室，莱因哈德也紧跟着走了进来。他既没有洗漱，也没有刮胡须，我二话没说便退了出去，把浴室让给了他。

---

1 常译作《明镜周刊》，是一个在德国发行的周刊，每周的平均发行量近 110 万册。

吃早餐的时候，他如同一个丢了魂的人一样，一声不吭地吃东西，整张脸都埋在报纸后面，末了啜了一小口咖啡。我自然也吃得很少，孩子们不明所以，吃完早餐便上学去了，但莱因哈德依然坐在桌边，丝毫没有动弹。我等着他发起第二轮责难，这样我就可以顺势向他提出离婚的要求。

然而，莱因哈德却是以一种半是惋惜、半是辩护的口吻，讲述起那件事来。说是因为那个姑娘所表现出的矛盾、混乱的行为，混淆了他的判断，让他误解了她的意思。在一个正常的男人看来，一个漂亮的女人大晚上愿意跟着他到空无一人的办公室去，必然是对后面会发生的事情有所预料，甚至她们本身就带有这样的意图的。

但万万没想到的是，这个已经二十一岁的女人竟然还没交过男朋友，毕竟在今天这个时代，许多女孩子十五岁就已经……

我没有接话。

尽管他明里暗里都意有所指，但我已经能够想象得出当时的情景。伊穆克在那张黑色皮沙发上的表现确实是一场误会，后来发生的事情让她措手不及，慌乱之下，她逃进洗手间内，疯狂地尖叫着。洗手间的窗户大开着，为了阻止她声嘶力竭的喊叫，以免引起不必要的误会，莱因哈德不得不踢开门闯了进去。

"这下糟了，我都没办法向木匠解释。"他叹了口气，说，"伊穆克当时处于极度混乱的状态，她甚至拿剃须刀片想要割开自己的手腕。"

我本不想插话，但听到这里却不由自主问道："刀片是哪儿来的？"我知道莱因哈德一直是用电动剃须刀的。

"是戈尔松的，在给窗框刷油漆时，旁边的瓷砖上溅到了不少的油漆。戈尔松看到后，就拿剃须刀片刮除。用完就索性搁在那里，以备不时之需。"莱因哈德没等我多问，便将这个问题的矛头指向了我，"先前如果你检查得足够细致，就能发现这刀片放在那里是不妥当的。这样她也不会这么轻易就拿到伤人的武器！像她这样情绪不稳定的疯子，说不定还会拿着刀片冲向我，那现在躺在医院的就是我了！"

我摇了摇头，打心底依然觉得这一切都不甚真实。"伊穆克现在怎么样了？"我问道。

"她手腕上的伤口并不严重，但还是先被送到了外科诊疗，之后，又被送到单独隔离起来的心理科室。基本上对于这些企图自杀的人来说，这算是常规的治疗程序。"他看向我，似乎在祈求同情一般说，"对我来说，这才真的是一场噩梦！"

我并没有安慰他。莱因哈德的话让我想起了我的第一个男朋友戈尔德·特里哈珀，那时我们之间也发生过类似的事情。全是因为当时的我口无遮拦而导致的，我声称自己要当一个抛弃世俗偏见而又经验丰富的床笫老手。戈尔德又蠢又自私，他竟然当了真，直接朝我扑了过来。虽然之后我们依然在一起了相当长的时间，但那次的经历每次想来依然十分可怕。

我时常会看一些与我所做的事有关的图画，比如画家格奥尔·佛莱格尔的这幅《膳食准备》的画，就十分适合做烹饪菜单。毕竟有这么多食材摆在眼前，还有什么菜是做不出的呢？画中前排的锡制盘子上放着一个大鲤鱼头，旁边则摆着红红的龙虾，应当是用来做四旬节大餐的材料。还有一块被咬了一口的干面包，颇有些禁欲的意味在里面，陶盆里面则是四个常见的荷包蛋。画面正中是一块透着油光的牛肉，隔着画布都让人感觉到了狂欢、欲望和暴食。那是一条红白相间的生牛腿，后端还连着一条牛尾巴，一看便是为节日所挑选的极佳食材。盘中还围绕着牛肉摆放了一圈新鲜精美的水果，有柠檬、蜜橘、葡萄、瓜果等，此外还有萝卜、洋葱等一些根茎类蔬菜。

在画面的左边画着一个水罐，右边则是一个盛着葡萄酒的高脚杯。这不禁让我感受到了现实生活中的两极分化,一边是放弃和痛苦,另一边则是放纵和满足。不过,此刻那些能给人带来愉悦的东西也受到了威胁:一只山雀正在啄食甜瓜,一只苍蝇正在牛肉上产卵,一只鹿角甲虫已经越过切面包刀这道阻碍,还有一只甲虫已经靠近放鱼的盘子。画面最靠后的地方,则画着满满的一篮蜗牛,这又代表了什么意思呢?

蜗牛是一种神奇的动物。每当我受伤时,就感觉自己仿佛成了一只蜗牛,收回触角,想要把自己隐蔽起来,完全退缩起来。蜗牛会蜷缩成一团,用坚硬的壳将自己伪装保护起来,可最终还是会被贪婪的人类找到,成了餐桌上的一道菜肴。我一直都很羡慕蜗牛们的空壳小房子,总会将其从花园中捡回来,仔细用水冲洗干净,然后摆放在窗台的栎木窗框上。大自然的鬼斧神工着实令人惊艳,鸟巢、蜘蛛网、贝壳等无一不是艺术品,这些东西让人类一切的创作物都黯然失色。我相信,莱因哈德绝对无法造出像蜗牛壳这般精美绝伦的房子。

我对着这幅厨房写真画,兴趣盎然地在脑中构思出一桌美味大餐来。第一道开胃菜就是蒜蓉油炸蜗牛了,紧接着第二道菜便是鲜虾鱼汤,再配上一些白葡萄酒。主菜则是大块的牛排,配之以洋葱、萝卜沙拉,还有新鲜的面包。最后的甜点则是美味的水果沙拉,将甜瓜、蜜饯柠檬片、葡萄、核桃还有蜜橘混在一起,冷冻一下,吃起来舒爽至极。假如格奥尔·佛莱格尔在画中画上几个西红柿,那么我的鱼汤就会更加鲜美一些。不过话又说回来,像我这种讨厌喝牛奶的人,画中没有出现家家户户必备的牛奶罐也正合我意。我想着想着,不禁感慨,尽管脑中一道接一道地烹煮美味佳肴,但手上为我两个可怜的孩子所准备的,却依然只是简单的面条和馅饼而已。

我对莱因哈德所作所为的不满,尽数表现在了脸上,可惜的是,他从头至尾没有注意到我内心所遭受到的巨大的委屈。他始终固执地认为,我对他的疏远只是因为我的妒忌心。恰恰相反,最令我难以接受的是我的丈夫、我两个孩子的父亲，这个我和他一同生活了这么久、私心以为自己完全了解并爱着的人，竟然会对一个有精神障碍的姑娘下手。

我到底该不该和自己的朋友们讨论这件事呢？甚至于告诉艾伦或是我的母亲？事到如今，我已经毫无办法了，在我看来，我们的婚姻已经走到了尽头，我的丈夫对于一个过于天真、始终活在梦里的女孩子做出那样不堪的事情。

我和莱因哈德几乎不再讲话。当然，出于某种默契，我们在孩子们面前依然表现如常。短暂的用餐时间很快便过去了，我一如既往忙活着家务，将床整理妥当，却偏偏没有整理他的床铺；替孩子们榨了新鲜的果汁，也没有准备他的份。洗衣服的时候，我把莱因哈德贴身的衣物混着抹布和一些深色的破烂衣衫，一并扔到洗衣机里面。我也不再做办公室的任何工作，我恨透了那些工作。

我把因此而节省下来的时间全部用在了画那幅全家福上。短短几天，我便把马特、拉拉和尤思特全都画了上去，只不过他们的表情看上去似乎有些悲伤。孩子们聚在前排的草地上，接下来便是坐在藤条椅上的祖父母。原本按照计划，我和艾伦会站在第三排，父亲和他的两任妻子则站在我们边上。安排妥当之后，我忽然发觉，自己竟然忘记将莱因哈德的家人画上去，甚至于连他我都忘记了。

当塞尔维亚来找我时，我几乎控制不住要在她面前哭诉，对于她来说，不忠就是激怒她的一根导火索。不过显然今天她也是来吐苦水的，因为她的两个女儿科琳娜和诺拉决定加入素食主义者的行列。

"发生了什么？"我问，"那是什么？一个教派吗？"

塞尔维亚表示，自己作为一个骑马爱好者，是绝对不反对素食主义的，但令她惊讶的是，素食主义者实际上提出的要求远远超乎她的想象：不穿皮鞋，不穿羊毛制品，不吃鸡蛋，不喝牛奶，不吃蜂蜜……因为这些都是动物们非自愿提供给人类的。"我新买的高档马鞍不见了，我想大概她们已经把它给卖了。"她说。

我觉得这应当是青春期的逆反心理作祟，于是开导她，建议她连续一星期都只给女儿们吃大麦粥和水煮土豆，不加任何调料，也不搭配任何别的蔬菜。"用不了多久，她们就会因为腿软而投降了。"我说。

塞尔维亚继续抱怨，说大概是因为自己对女儿的关心太少了，所以女儿潜意识里对马抱有强烈的嫉妒，甚至恨不得去吃马饲料以获得母亲的关注。说罢，她从随身的一个塑料提包内掏出两件毛线衣来，要送给拉拉。她说科琳娜穿着已经显小了，况且照现在的情况，大概将来她也不会再需要羊毛衣了。其实我内心更希望拉拉能有一件羊绒外套，而不是这种纯羊毛的衣衫。

"露西说要邀请我们做客。"塞尔维亚说道，"我本来不该这么早告诉你的，她说下午会打电话给你。"

我有些震惊，内心觉得受到了轻视。露西是通过我才认识塞尔维亚的，可是现在露西竟然主动先和她联系了。而且我其实不希望彼此之间这么密集且热切地互相邀请。上次我请她们到家中吃饭，却不慎将菜烧煳了，颜面尽失。还没过几天，塞尔维亚立刻主动发出邀请，展示了一顿绝妙的泰国风味大餐，也让我真真切切看到了如何才是主人家的风范。如今露西也加入了这个行列，大抵是想超越我们两家。可如今我和莱因哈德的婚姻落到如此境地，我根本不想也不能再在朋友的面前和他假装是一对恩爱夫妻。

"可是我对猫过敏，这是最大的问题。"我故意拖着声调说，"要待一整个晚上，我怕我会受不了。"

果然，当天稍晚些时候，露西打来了电话，我思忖了一下，以她家养着的那只公猫奥尔夫奥为由，拒绝了。没想到她话锋一转，说道："别担心，安妮，我们在室外用餐。这周我们有了一个新的阳台，是用鱼刺形的红砖瓦搭建的，所以必须庆祝一下！我知道你不能在室内待得时间太长，否则就立刻变成一个喘着粗气的红眼……"

我一时无言以对，脑中也无法立刻想到新的借口，只得苍白无力地说莱因哈德有别的邀约，怕是和这个冲突。

"你记错了吧！"露西说道，"我刚才在外面碰到他了，就在北大街那边。"

我再也找不出任何借口，只得先答应下来，准备过后再好好想一个令人信服的诸如生病之类的借口。但露西的话又让我忍不住想，莱因哈德去北大街做什么？尽管我不太过问他的工作，但那边没有任何建筑工地，这我还是知道的，所以他到那边究竟是找什么呢？

这段时间，莱因哈德的状态表现得很好，甚至比先前还要好。晚餐的时候，他对我说："我在路上遇到露西了，她邀请我们去她家做客，还说有一个很大的惊喜。"

事情似乎听上去比单纯地吃饭更有趣了。我淡淡地说："那祝你玩得开心，我就不去了。"

此时孩子们就坐在我们旁边，喋喋不休地争论着那只失而复得的巧克力兔子该如何分配。当他们听到我生硬的声音之后，立刻停了下来，脸惊讶地看过来。我和莱因哈德立刻像约好了那样，迅速转变了话题。"我觉得今年结不了几个李子"我说，"之前还没熟的时候，就已经有李子掉下来，那棵树是不是出了什么问题？"

最终，我还是赴了约。不仅仅是因为我对那个所谓的惊喜很好奇，还因为我不想给旁人增加无谓的猜想。甚至于为了赴约，我还趁着商店大减价的机会买了一件丝绸夏装。这不同于那些粗糙的、剪裁如同麻袋一般的特价衣物，而是出自意大利裁缝之手的大胆新颖款式：黑色的衬底，上面点缀着红、粉、黄三色的玫瑰花，娇柔的花蕾和嫩绿的萼片从花瓣丛中蜿蜒出来。只不过在衣领处沾染了圆珠笔的笔迹，这才使得这件衣服降价到我可以负担得起的地步。不过这点污迹无伤大雅，我用一枚胸针遮住了污迹，感觉依然十分漂亮。

露西的花园在屋后，所以我们必须穿过屋子才能过去。我刚进门，那只猫就靠过来蹭我的腿，这让我打心底觉得是个不好的预兆。

莱因哈德还是第一次来这里，他嗓音嘶哑地道了句"晚上好"，便立刻以一副专家的架势打量起这座房屋来。一边看，一边还认真敲打着每一块砖，分辨面前的是不是一堵承重墙。过去我曾一度觉得他这种行为十分好笑，但如今看来，我只觉得这种行为极为不合时宜。我把高福利特、露西和这个东敲西敲的男人丢在这里，自己则迅速逃到了阳台上。对于猫的过敏让我觉得自己的这个行为并没有什么不妥。

晚风阵阵，我独享了几分钟的清闲。露天餐桌上已经铺好了餐布，我暗暗数了数位置，二、四、六、八，这个数字让我有些奇怪。看上去露西对这次晚餐花费了一番心思，白色的餐布上摆着葡萄酒和常春藤。各式刀叉和汤勺整齐地摆放在餐盘两侧，就如同那些讲究的餐厅一般。

还没等我细细观察完，莱因哈德和主人们已经走了过来。和我不同，莱因哈德从不会默默地欣赏这些银质的器具和精美的瓷器，而是随时随地都在观察凉亭的柱子。"真不错啊，用的是中心分离的上乘木材。"他赞叹地说道。

露西笑了起来，说道："我记得我的骨科医生曾经说过，透过每个人的背部，他都可以看出宫颈疾病的一些初期症状，或是椎间盘突出的病状。莱因哈德也是如此，几乎不会放弃每一个能仔细观察房子构造的机会，除非……"

我立刻打断了她的话："他无论来这里，还是去其他陌生的城市，只要在街上走上一刻钟，几乎所有人都能看到他站在一座建筑物前面指手画脚地批评。而且如果被他发现这座建筑物的房檐脱落或是变形，就会更加得意，洋洋洒洒指责个没完。假如我们去了一座风景优美的古城，他就硬要到杂乱的郊区去，一连几个小时都不厌倦地看那些水泥建筑，那都是他的那些外国同行造出来的。"

除了莱因哈德，每个人都笑了起来。

之后，一向喜欢打圆场的高福利特在旁安慰起他来："人们都会去了解业内的竞争对手，只可惜安妮并不感兴趣，其实她不知道，我对社会上的福利房构造也是感兴趣的。"

但莱因哈德似乎不吃这一套，甚至觉得自己的专业性受到了侮辱，他说："你的妻子和其他女人一样，都喜欢夸大其词。大家都知道，你也是喜欢那些古老的建筑的。单单看你们那座漂亮的房子，就能知道你肯定骨子里就是个浪漫的人。"

这时，塞尔维亚和伍德也过来了，话题也就随之转到了另外的方向。大家互相拥抱亲吻之后，塞尔维亚大声称赞道："你们的阳台真是太棒了！"接着，她带着几分精明的目光扫过餐桌，又问道："你们还邀请了第四对夫妇吗？是谁呀？"

"先保密。"露西说道，"待会儿你们就知道了。"

我这才恍然大悟，原来还未曾露面的客人便是今晚的惊喜。我猜这些人大概是莱因哈德的旧识，兴许是老同学、老朋友、很久未见的亲戚，甚至可能是他之前的上司。

我们各自端着香槟站在花园里闲聊，不多时便听得外面传来一阵门铃声，所有人纷纷转过头来，一脸好奇地注视着阳台的门。片刻后，高福利特带着两个笑声不断的人走进了花园，两个女人。

我的注意力登时全部集中在我的丈夫身上，而莱因哈德的表情也从最初的惊讶瞬间变成了高兴，接着整个人都兴高采烈起来。

然后一声大喊传入耳中："这不是我们的老朋友木头虫嘛！"随后两个人一前一后扑进了莱因哈德的怀中。

莱因哈德紧紧搂住她们两个，亲吻着她们，和她们不住地说着什么。没人知道这是怎么回事，也没人清楚这三人的关系到底是什么，只有露西开心地笑着，看着眼前的情景。

之后，我们才慢慢了解到，原来这两个女人是莱因哈德的大学同学，一个名叫比尔斯特，一个名叫米亚。人到齐后，大家围坐在餐桌旁，莱因哈德一脸骄傲地坐在了两个女人之间，而我则坐在他们的对面。从战略上来说，我这个位置的确十分有利，只不过旁边的高福利特和不住献殷勤的伍德让我越发感到无趣。

我内心只有一个想法，那就是莱因哈德到底和这两个女人中的哪一个有染，这是最关键的。相比之下，比尔斯特显得更为漂亮文静一些。她打扮得如同一个巴伐利亚的村姑一般，蓝白方格的长裙，搭配一件缀有流苏的皮夹克，饰品则是土耳其风格的玻璃珠串。

米亚则更为热情一些，让我平白对她多了几分好感。她今天穿了件黑色带白点的西装，内里搭配了一件雪白的皱褶衬衫，领口还别了一枝粉红色的丁香花。我不禁猜想，这两人难道迄今都没有结婚吗？她们是纯粹地等待男人来追求，还是她们其实是同性恋？三人在一起回味着当年颇具乐趣的话题，诸如"威利现在在干什么"这样的问题不断跳入我耳中，十分热闹。

大概是我太过投入地听他们之间的谈话，以至于旁边的人和我打招呼时，我几乎没有理睬。

"你现在还打呼噜打得震天响吗？"米亚问道，接着又补充解释说因为当年他们曾经和二十多个朋友一起在滑雪场的木房子里面过夜，结果莱因哈德的呼噜几乎压过了一切声音。

露西接了话，表示莱因哈德的呼噜肯定没有高福利特所发出的声音可怕，高福利特简直就像是鹿叫一般。

塞尔维亚也忍不住加入了话题，表示伍德虽然睡觉时不打呼噜，但他夜间喝水或是饮料时的声音几乎和狗一样。有人好奇地问道："难道他是在梦游吗？"

塞尔维亚摇了摇头，说并不是梦游，伍德习惯在夜里拿起瓶子咕噜咕噜灌下一大瓶葡萄柚汁，尽管为了不吵醒自己，他并没有开灯，但那种咕噜咕噜的声音依然会把她从睡梦中吓醒。

一时间，桌上的男人全都变得情绪低落起来，不多时，话题一转，又朝着另一个方向聊了下去。

第九章 倒彩

公元 1600 年的时候，乐器的模样已经和现在十分接近了，从画家切克·德尔·卡拉瓦乔的这幅画作上便可以明显地看出来。画面上，一位举止优雅的乐师正在为自己的演奏做准备，面前摆放着他的乐器，或许他还对这些乐器进行了些许调试。这位乐师坐在一张皮质椅子上，身旁是一张大大的带有抽屉的桌子，上面摆放着各式各样的管弦乐器和打击乐器。大概可以辨认出一个被拆下来的风笛零件，一把还未装上琴弦的小提琴，还有一份卷起来的纸张，大概是乐谱之类的东西，另外，还有一样艺术家们在旅行时惯常带在身边的东西：一只圆腹水壶。

乐师的右手上拿着一面尚未蒙上鼓皮的手鼓，手鼓边缘坠着许多铜铃，他的左手握成拳头状，手中大概握着一颗铜铃吧。他的嘴唇微微突起，似乎在唇间衔了一个小小的神秘的物事，也许是个哨子，也许是如今依然在教堂落成典礼上售卖的"夜莺笛"。孩子们都对乐师口中能发出鸟儿的鸣叫声感到极度好奇。

不过显然这个年轻的乐师并不像一个江湖艺人。他身上穿着宫廷式的衣物，面容十分俊美却又带着几分深沉思考的模样，让人摸不清他在想什么。他的衣物颜色也搭配得十分得体：红色的帽檐上方装饰着一根雪白的羽毛，白色的衬衫上堆叠着荷叶领，夹克衫的内衬则呈现出引人注目的红色，似乎炫耀般地呈现着自己迷人的色彩。精美的皮质背心的颜色则和周遭乐器、桌椅的色调十分协调。

这位乐师看上去年纪并不大，但应当是经历过许多人情世事，因而眼中流露出些许忧伤和老到成熟。他应该取得了一些成就，但也少不了受到无情的嘲讽。或许有一天，他的演奏会会在听众们的一片嘘声中戛然而止，因为那些听众已经不喜欢这样怀旧的曲调，而是更喜欢热情欢快的曲子。但他也对这样的场景做足了心理准备，对于台下的倒彩声，甚至于听众们无理的行为也能从容自若地应付了。

想到刚才我丈夫的自嘲话语，就如同是乐师遭到倒彩一样，我不由得打心底感到有些愧疚。

因此在用餐期间，我更加努力地竖着耳朵，想听到他们更多的谈话。塞尔维亚和高福利特坐在桌子的另一边，在讨论那些穆斯林女人一直戴着面纱，会不会就此没有了个人的特色；露西和伍德则兴致勃勃在讨论一个十分善良可亲的母亲竟然用尿布将两个孩子勒死的事情；而我的丈夫莱因哈德，则坐在那两个女人之间，无时无刻不在奉承和献殷勤。

不多时，露西起身走到厨房，准备给大家上主菜，我也立刻站起身来，表示要到厨房去帮忙。我急切地想知道，露西是怎么认识这两个女人的。露西一直忙丁料理各式各样的食材，所以并没有对她们做过多的介绍。她小心翼翼地用一根小木棍戳了一下烤鹌鹑，想看看它们是否熟透了。之后她点点头，脸上露出了满意的神情。

"太完美了。"她显然十分开心。

我朝着那些肥美多汁的小鸟看了一眼，它们一个挨一个，被搁在一张张平铺着的新鲜的菠菜叶子上。

简直像陈尸床，我默默想着。

"你在哪儿认识那两个女人的？"我终于还是忍不住问道，"她们肯定不住在这附近……"

露西复又把那些烤鹌鹑推进还有余热的烤箱内，然后一边着手调制土豆泥，一边说道："比尔斯特这几个月以来都住在瓦茵哈艾姆，她的丈夫经常出差，女儿也到加拿大留学了。她窝在家中，感到既不自由，又十分寂寞，于是不由自主想起了年轻时候在学校合唱团唱歌的日子。也许是为了解闷，多认识一些朋友，她加入了高福利特所在的合唱团。也是近些天闲聊才得知，她原来和莱因哈德是大学同学。"

"那另一个女人呢？"我继续问道。

露西把一个碗递到我手上，嘱咐道："端稳了，我等下就过来。"

我站在那里没有动。

"好吧……"露西无奈地说，语气带着点不耐烦。她将自己的围裙解下来，继续说道："米亚是比尔斯特的好朋友，这几天来这里找她。而且比尔斯特的丈夫又到中国出差了，所以我们只能将她们两个人一起邀请过来，不然还能怎么办呢？总不至于丢下一个吧？"

"米亚结婚了吗？"

"不知道，但她好像离过婚。"

我和露西端着碗和餐盘重新回到阳台上，将食物分发给大家。或许这菜肴的味道当真十分美味，一时间此起彼伏的夸赞声纷纷冒了出来。

过了会儿，当大家都忙着大快朵颐，没工夫说闲话时，我才寻着机会和那两个女人搭上话。

"你们是自主创业，做一名独立的建筑工程师呢，还是说受雇于哪家公司？"我问。

听到这个问题，大家的注意力又从餐盘上集中到我们这里来。

米亚首先开口道："我并没有去做什么建筑师，而是改行做了室内设计师，这个工作要比建筑有趣得多，毕竟作为一个女人……"

她的话还没说完便被比尔斯特打断了："我当时真是傻，发现自己怀孕之后就退学了。结果可想而知，我丈夫根本没那个闲工夫去分担家务或是照顾孩子，所以我根本不可能再继续读书了。哎，其实我应该参加完国家统一考试之后，再计划怀孕生子的。"

露西接道："不过现在你女儿已经长大了，你也有时间可以……"

比尔斯特摇了摇头，说道："再去上学吗？算了，我估计自己也没那个能力去完成什么学业了。不过，如果能找到一份有意思的工作，不需要多高的薪水，只是满足个人的爱好，那还是很不错的。"

她倒是很有自己的想法，我在心里默默想着。兴许她的丈夫已经赚了许多钱，因此她根本不用考虑赚取额外收入补贴家用。不过换个角度来看，这女人也自负得很，居然如此轻松地说出想要找一份能实现自我的有趣工作。

大家继续吃吃喝喝，十分乐在其中。我耐着性子，一会儿听听左边的谈话，一会儿听听右边的闲聊，却找不到任何可以参与进去的话题。露西时不时还会起身回房间照看发烧的艾娃。身为室内设计师的米亚似乎开了一家家具店，此刻她正在极力向大家推荐一款铁焊的椅子。"椅面是用藤条制成的，"她说，"坐上去感觉十分神奇，就好像坐在一棵大树上一样。"

米亚和我讲了许多的笑话，讲她如何巧舌如簧诱使顾客买下并不舒适的家具，这让莱因哈德惊叹不已。

比尔斯特则和坐在我旁边的高福利特聊了起来，她把声音压得很低，不住地打听合唱团里其他成员的消息，以及关于财务的一些八卦小道消息，还有合唱团的演出节目单。"我觉得节目单上的曲目对我来说都是小菜一碟，"她说，"不过这首《秋天的合唱》我倒没有把握，我觉得需要你私下里给我辅导几堂课。"

没有任何征兆，他们两人忽然开始合唱一首法国歌曲《支撑我生命的美丽姑娘》，大家捧场似的鼓起掌来，这让两人更加兴奋地继续唱起来。晚餐登时演变成一场演唱会，塞尔维亚起劲地唱起了《闪烁的迷人星辰》，接着其他人一首接一首，唱了许多不同的曲子，就连家里的猫奥尔夫奥都安静地趴在树丛里听了起来，唯有一双闪着幽光的眼睛透露出它的位置。露西不得不提醒大伙儿，我们当下是在室外，可能会吵到邻居休息，但她的话语很快便被歌声掩盖了下去。最后，莱因哈德自告奋勇，要唱一首学生时代的老歌《海德堡的回忆》。

这首歌顿时引起了那两个合唱团成员的注意，合唱团通常都十分擅长文艺复兴时代的极具艺术气息的曲子，反而不太熟悉那些普普通通的歌曲。"这首歌怎么唱的？"高福利特好奇地问道。

莱因哈德站起身，放开喉咙唱了起来。天哪，鬼知道发生了什么，明明他喝的酒比我还少，但此时此刻却吊着一副尖细嗓音，错误百出地用斯瓦本口音的英语唱起歌来。所有人都陷入了一阵尴尬的沉默，我气得几乎连衣领子都要扯破了。忍无可忍之下，一整晚都保持安静的我忽然吹了一声嘲讽的口哨，接着，伍德伸出两根手指摇了摇，塞尔维亚也发出了一阵嘘声，米亚则大声表示着自己的不满，比尔斯特甚至夸张地捂住了耳朵。唯有身为主人家的露西夫妇一直在语气尽量温和地阻止大家接连不断的倒彩声。

莱因哈德停了下来，接着独自一人朝室内走了进去。过了好一阵子我们才反应过来，他并不是去洗手间，而是逃回了家。

这件事让露西觉得很不好意思，她悄悄问我："我们是不是伤害到他了？"

"显然是的，"我说道，"不过没关系，他本来就是个自以为是的人，发生这种事对他来说，兴许还是件好事。"

又过了不到一个小时的时间，晚餐结束了，因为莱因哈德独自将我们的车开走了，高福利特便开车送我回家。我推门走进房内，发现莱因哈德已经躺在床上睡着了，还不停地打着鼾。

第二天早上，我俩对于昨晚在露西家发生的事只字不提。莱因哈德离开家之后，我便抓紧时间，继续画我喜欢的玻璃画。不凑巧的是，门铃在这时响了起来。

我打开门，是比尔斯特。我内心一阵抗拒，语气也不甚友好："我丈夫不在。"我一面说着，一面将她让进屋内，也没有给她煮咖啡。

餐桌上此时堆满了画笔、颜料和还未干透的画板，我身上穿的则是沾满了颜料的工作服。比尔斯特却不然，她穿着一身丝质的运动服，大概是什么高档的牌子，我甚至还闻到她身上飘来的铃兰花香水的味道。她来做什么呢？我不禁在心中揣测。

她一坐下，便毫不客气地请我给莱因哈德打个电话，告诉他她到家中来访的事情，并特意强调她没有很多时间。

我不得不照办。

莱因哈德似乎有些戒备，他在电话那端有些惊讶地问道："她说有什么事吗？"

我无从得知。

二十分钟后，莱因哈德赶了回来，一进门，比尔斯特便上前拥抱亲吻了他。莱因哈德有些拘束，但却没有拒绝她。

比尔斯特从随身带着的深红色牛皮手提包内掏出一样东西来，说："这是送给你们的礼物。"接着便把东西递到了莱因哈德手里。莱因哈德拆开紫色包装纸，里面是一颗玻璃球。

我一眼便喜欢上了这件礼物。

"真好看啊！"莱因哈德说道，"正好可以放在我的办公桌上做装饰，还能压文件。"

比尔斯特笑着寒暄一番，终于把话题扯上了正题，因为先前莱因哈德曾说自己急需一个女秘书，而她对这份工作十分感兴趣。

"这样也行。"莱因哈德说，"安妮需要照顾孩子，还有其他事情要忙。所以我没办法再让她做办公室其他杂事了。不过你是认真要来做这份工作的吗？我觉得有点大材小用，你完全可以去找一份更好的工作。"

比尔斯特笑了起来，应道："怎么会呢！恰恰相反，我现在已经完全忘记建筑上面的事了，只能胜任一些办公室里的杂务了。现在的我总觉得自己像个废人一样，连个零花钱都赚不到，可其他的朋友或多或少都有自己的工作。"

"那就试试看吧。"莱因哈德说道，他看上去好像对这番说辞不是很相信，但兴许是办公室无人打理的杂事让他动了心思。不过另一方面，其实他的预算也不是很宽裕，换句话来说，他肯定希望我能再度拾起这份工作。

但比尔斯特压根没有过问薪水的事，只是问道："我什么时候可以来上班？"

"明天就可以。"莱因哈德说着，站起身来。

比尔斯特有些犹豫，过了会儿又开口道："我替米亚向她的木头虫问好，不过要是你能帮她找到些东西，那就最好不过了。"

这话勾起了我的好奇心，我不禁开口问道："找什么东西？"

比尔斯特表示米亚正在四处找寻那些古色古香的材料，她觉得莱因哈德在改建或者拆除老房子的时候，应该能找到一些类似的东西。

莱因哈德颇为骄傲地点了点头，指了指家里堆积如山的栎木板。

"哦，木材的话，也是可以的。"比尔斯特一边说，一边审视般地看了一眼我们农家乐似的房子，"不过米亚更想要的是铜制的配件，像是金属栅栏、烟囱、门把手等，还有那些石制品，比如说天然的石柱、铺路石，甚于于那种喂牲口用的石槽都可以。"

莱因哈德保证会替她留意这些东西。

这件事从一开始给我的感觉就很糟糕。尽管我拒绝了那份讨人厌的办公室工作，因为它让我几乎没有空余的时间去做自己喜欢的事，但这并不代表我就愿意让比尔斯特去和莱因哈德一起工作。这之后，她肯定会经常到办公室和家里来找莱因哈德，比如来拿录有工作需求的录音带，或是将完成的书面工作拿过来给他。过于紧绷的神经让我甚至想象出他们两人在办公室那张黑色沙发上调情的场景了。

比尔斯特离开后，也许是她身上的香水还残留在屋内的缘故，我忍不住打了好几个喷嚏。莱因哈德对我说道："你应该很开心吧，终于彻底摆脱了那些枯燥的文字工作，可你怎么还拉着张脸，简直比下了三天雨的天还要阴沉。"

我几乎无法控制自己的情绪，脱口而出："那个被宠坏了的资本家老婆根本就是对你另有所图！你难道就没发现吗？她丈夫出差，女儿远在加拿大，她独自一人在家空虚寂寞，难熬得很！去了高福利特的合唱团后发现，一时半会儿根本无法找到个伴儿，于是现在开始想要通过工作来找情人了！"

"你真是个十足十的疯婆子！"莱因哈德骂道。

露西来了电话，有些担心地询问我俩的事。我感到很难堪，毕竟那天的夏日聚餐是因为我才草草收场的，我内心带着几分自责。有那么一会儿，我几乎想把整件事对她和盘托出，告诉她我和莱因哈德的婚姻因为伊穆克的介入而几乎走到了尽头。但犹豫再三，我只是问道："露西，你觉得我的妒忌心是不是无药可救了？"

露西哈哈大笑起来，她说："只有男人才会把'病态'和'妒忌'这两个词放在一起使用。其实这是女人的一种天性使然，也就是说，在婚姻出现裂痕的初期，我们便能利用这种天性正确预判某种现象，但男人们却把这当作是一种病态来刻意贬低。"

她先前的一段经历也证实了这段话，在她之前的一段婚姻中，她注意到自己的丈夫在跟某个女士说话的时候，眼中闪烁着不同寻常的光芒，并且一旦聊起天来便兴致盎然，连声调都随之变化。在某些事情上，露西甚至比当事人还要更早地发现某种迹象，或者说，某种萌芽。

"其实对方总会更了解自己身上的优缺点。"她以这句话结束了自己的观点。

"哎，"我叹息道，"其实你是个相当聪明的女人，及时止损，和莫鲁斯的父亲分开了。但我现在该怎么办呢？难道要提前去提醒莱因哈德吗？告诉他潜意识里的渴望，或者点醒他顽固不化的思想？"

露西再度笑了起来，说："如果你指的是比尔斯特，那完全不用担心。那女人就是一个几乎没开化的笨蛋，既不会说话，脑子也转不过来，根本不是我们的对手。"

静水流深。这正是让我担心的地方。"如果一个女人想要破坏别人的家庭，那么根本不需要什么头脑，只要一副好身材和加倍的风骚就可以了。"我说。

露西完全同意我的说法，只不过又补充了一句："你还是太缺乏幽默感了。"

我决定对这位新来的女秘书保持淡定的心态，但同时也保留某种警惕的意识。莱因哈德近来正在试图缓和家中的氛围，他结束工作后很早便回到家中，跟孩子们说话的语气也温和许多，并且开始称赞饭菜的可口。我却在脑中翻来覆去地思索，他这么做到底意欲何为？是因为潜意识里的不安让他愿意用奉承的话语来减轻负罪感，还是表面如此，内心却在计划如何结束婚姻？思来想去，我觉得自己大概就是个讨人厌的女人，无时无刻不在搜寻不忠的蛛丝马迹。难道我真的是个疑神疑鬼的人吗？难道是因为我在遇到莱因哈德之前，曾因年少无知做过不甚忠诚的事？还是因为母亲那种不合情理的占有理论影响了我？又或是年少时总是睡在那张病床上所导致的后果？

这些乱七八糟的想法充斥着我的大脑，让我在夜间做了噩梦。在梦中，莱因哈德和比尔斯特联合起来欺骗了我，而我也切切实实抓到了他们暧昧不明的证据。我在梦中痛哭起来，甚至于想要自尽，或者干脆把这对狗男女给杀了。但周遭的人们却在不停地指责我，说我是精神病，说外遇根本不是什么大不了的事情。而我这种顽固的人，反倒显得与时代格格不入。

难熬的一夜过去后，我给唯一让我有亲切感的姐姐打了电话。

"你们过得怎么样？"她在电话中问道，丝毫不知道我的生活一团糟，整日里胡思乱想。

"艾伦，你相信那种所谓的直觉吗？我是不是能把这种直觉当作感情破裂的预兆？"

"我建议你去找心理医生问问。"艾伦在电话中劝说道，"我觉得你现在需要专业人士的帮助。"我一时语塞，又有些吃惊，她现在的说话方式，和我的父亲几乎一模一样，此外，她大概也觉得我现在脑子有些不正常。

过了五分钟，艾伦回了电话过来，说自己又思考了一下，她身边的朋友们都保持着一种"开放式的婚姻"，也就是男女双方都拥有对婚姻之外关系的全部自由，但这并没有造成什么恶果，他们迄今都过得十分幸福。然而她的这番话并不能安慰我一丝一毫，反而让我更为孤立无援。

难道就没有任何人能理解我吗？我想要完全独占我的丈夫。我是不是该去找塞尔维亚商量一番？因为伍德的缘故，她对这方面的事情肯定经验丰富。但内心深处的某种羞耻感阻止了我，我不想破坏自己在她心中的印象，她迄今都以为，尽管我账户中的余额没有她多，但性生活却比她要丰富得多。

其实早在刚结婚两年的时候，我便发现莱因哈德有出轨的迹象。那时我在他搁在车里的急救箱中发现了几个安全套，出于某种直觉，我数了数，然而两周之后，我发现少了一个。我翻来覆去被一个问题折磨着，那就是他的情人究竟拥有什么不得了的特质？后来我跟他开诚布公谈论这个问题时，他却只一脸抱歉地表示，这只是一次意外的失足。塞尔维亚告诉我，伍德总是拿自己心律不齐作为出轨的理由。只要被他逮着机会，就一定会去享乐一番。然而对于莱因哈德，我却想不出什么必然的理由。我有时猜想他会借口出去拆房子而趁机偷腥，但却苦于没有任何证据。难道是莱因哈德对女人尤其敏感的缘故吗？或许只有把他的欲望描述得如此强烈，才能够更好地解释我更为强烈的占有欲。

晚饭时，我特意用一种轻松的语调问道："比尔斯特的工作做得怎么样？"

莱因哈德并不晓得其实她将录音带拿回去之后，还没有送回来。"你要么就从现在开始检查她的工作质量。"他说，"这样以后也不会有什么差错，我签字的时候基本不怎么看内容。"

比尔斯特送的那个玻璃球已经被莱因哈德完全遗忘在脑后，它从最初就一直搁在窗台上。有天早上，当我用抹布清理上面的灰尘时，忽然发现窗户的木框上有一处烧焦了的痕迹。我即刻怀疑是孩子们在玩火，但总忘记找他们问个究竟。直到一天中午，我将碗挪开之后，忽然看到窗台上有一道极强的光闪烁着。那个玻璃球似乎在告诉我，此时此刻太阳光正垂直照射在它浑圆透亮的身上。我不禁眯起眼睛，紧盯着玻璃球，直到看到一缕细烟自球体处缓缓飘了起来。

第十章 玻璃

早在一百年前，威尼斯和卡尔斯巴特所产的镇纸就是人们十分喜爱的纪念品和小礼物。这种带有神秘色彩的镇纸是用玻璃制成的，特殊的制作工艺使得它们中间嵌着一朵娇艳美丽的花朵，或是其他讨人喜爱的小东西。它们拿在手里沉甸甸的，玻璃触感冰冰凉凉的，十分舒适。阅读或者写作的时候，如果感到疲倦，把这个小小的奢侈品拿在手里把玩一番，看着它光芒闪烁的模样，心情也随之变得愉悦起来。孩子们十分喜欢这类礼物。此外，还有一种叫作"玻璃雪球"的物美价廉的东西。将玻璃球拿起来摇一摇，便能看到里面下起了纷纷扬扬的大雪，覆盖在里面的人物或者景观上面。当我还是个小女孩的时候，我就收到了这样一件礼物。出于旺盛的好奇心，我将那个玻璃球打碎了，希望能在炎炎烈日下获得一捧飘散下来的雪花，结果却大大出乎我意料，我只得到了一堆洗衣用的皂粉，失望之余又为这个碎掉了的玻璃球痛心不已。

比尔斯特送给我们的这个玻璃球是一件相当时尚的物件，大概是从米亚的商店里买来的。这个东西不但是个装饰品，而且只要在太阳光下找到合适的角度，就可以作为聚光镜来使用。不过，这个原理不晓得是不是每个人都知道呢？不然这个玻璃球还是有那么一点危险性的。我把它搁在了餐桌上，那里没有强烈的阳光，但显然引起了莱因哈特的注意，隔天他便将玻璃球带去了办公室。

在彼得·克莱兹的作品中，有一幅描绘无名画家绘图时的画作，画面中除了惯常的一些具有象征意义的物件之外，还有一颗玻璃球。

整幅画的背景是一片昏沉、灰暗的暮色，接着最引人注目的便是右边的一颗骷髅，似乎带着一丝丝威胁性，也似乎透露着些许不祥之兆：看哪，再鲜活的生命，转瞬之间也会变为一具毫无生气的皑皑白骨。一颗头骨似乎还不能完全表现出这种意味，画家在旁边还画了一根巨大的管状骨，预示着生命不可避免会终结。边上翻倒着一只金光闪闪的奖杯、一个空空的玻璃杯和一支用尽了最后一滴墨的羽毛笔。画面的下方有三个形状不一的贝壳，象征着坟墓，也提醒着人们生命的永恒。在头骨对面的橄榄色桌布上，搁着一只玻璃球。这只玻璃球又意味着什么呢？可以看到，这颗浑圆的玻璃球上反射出一旁奖杯把手上闪烁的光芒，还有一扇带着两扇窗翼的窗户。再仔细观察一番，就会发现里面还映射出一个隐隐的身影，站在一个画架前面，除此之外再无他人。以前，大部分画家都不会在画作上签自己的全名，他们通常把自己姓名的首字母设计得犹如繁杂的花纹一般。很显然，画家们乐于用自己的艺术创造力来突显身份，将来我一定要在自己的画作上留下一朵小小的玫瑰花作为标志。

我想，在巴洛克时期的荷兰，画家们一定想尽了各种方法来改进画室的采光。因此，经常在昏暗的地下室工作的鞋匠十分偏爱玻璃球，其他的手工作业者也常常会用到它。作为画家来说，他们通常会把聚光和放大跟美学上的某种满足联系在一起，尤其是这种本身就十分漂亮的东西。而易碎的玻璃更会让人联想到时间的短暂，还有幸福和爱情的短暂。

就我个人而言，在经历了这么一段起起伏伏的纠葛之后，似乎迎来了一个我期待已久的回暖。然而这不过是一个无比短暂的间歇型回暖。自从发生了伊穆克那件事后，我和莱因哈德便再也没有同房过。于是在一个炎热的晚上，他便急不可待地扑到我的床上来。他太过激动，再加上又是突然袭击，我根本来不及去想是否要彻底原谅他。

翌日，他显然心情很好，不但先于我去信箱里取回了报纸，将煮咖啡的水添上，甚至还去花园里摘了一朵花回来。他在纸上写着"送给安妮萝丝的花"，然后和花一起递给了我。尽管这十分老套，但我还是很受用，不但心情瞬间大好，甚至还觉得这是我们幸福的新开端。

同一天晚上，莱因哈德带回来一大堆需要签字的文件资料。我看一眼就明白了，这些都需要重新用打字机打一遍。然而，比尔斯特的工作能力很强，而且她还可以用她丈夫的电脑，不像我，到现在还在用一台老式的石炭打字机。"果然东西还是新的好，"我不得不承认道，"那她的薪水是多少？"

莱因哈德并不清楚，他们到现在都还没有讨论过酬劳的问题。

这时电话响了，我接起来，是塞尔维亚。她的声音带着少有的新生活力："告诉你们一个好消息，我们决定在秋冬季节开工建新房子了！"

什么？可他们不是已经有一幢房子了吗？

"我们总算是把这件事成功提上了日程，不过这里面涉及要建新的骑马大厅，要请莱因哈德来设计全新的马房和俱乐部，一切都按照最高标准来。"

我立刻把莱因哈德喊了过来。

莱因哈德十分高兴。"这对我来说是个挑战！"他说，"我从来没有设计过类似这样的建筑。而且投资人有充足的资金，完全没有什么后顾之忧。"

他和塞尔维亚还有骑马协会的董事约好在一个酒店见面，之后他问我："安妮，你要一起来吗？"

我摆摆手表示拒绝，马厩和过敏是我最不能忍受的两样事物。

之后，一向喜欢喝啤酒的莱因哈德专程到地下室拿了一瓶葡萄酒到花园里来。我在餐桌上铺好桌布，他端起杯子和孩子们干杯，享受着夏日的夜晚。"终于雨过天晴了，干杯！"他感慨道。

"什么雨？"尤思特不解地问道。

我有些尴尬，尤思特显然误解了这句话的意思，但面对他好奇的提问，一时半会儿也找不到合适的措辞去解释。这时，拉拉忽然发出一声尖叫，成功转移了话题：有一只黄蜂飞进了她装苹果汁的杯子。

"你今天不去打网球了吗？"我问道。

莱因哈德把这件事忘得一干二净，因此我这个提醒对于他来说简直是场及时雨。

"科尔哈莫大夫如果等不到我，一定觉得是我看不起他。"他说。

我十分疲倦，没有力气再去画画，于是便和孩子们又待了一会儿，听他们叽叽喳喳说着暑假想去大峡谷玩，或者去法国的迪士尼乐园玩半个月。

"我们一起去。"拉拉信誓旦旦地说着。

"太贵了。"我应道，"也许我会带你们到外婆家玩一阵子。"

"也许我们可以到哈斯洛赫的森林公园玩。"尤思特提议道，"那里有真正的小矮人，就坐在广场上的小车里……"

说到小矮人，拉拉忽然又想起了电视中播出的一个关于残疾人运动会的纪录片，两人一边说着一边跑进了屋子。

我百无聊赖地坐在那里，两手交叠着放在身前，一声不响地坐在木凳子上。真是难以置信，对于男人来说，上床好像是解决一切事情最简单的办法，上了一回床，就仿佛什么也没发生过一样。天气有些闷热，有只乌鸦站在樱桃树上一直欢快地叫着，好似在唱一曲挽歌。我不由得深思起来，难道我真的是因为受了些刺激，就开始对一切都不满意了吗？我还不到四十岁，在其他人看来，我有着其他人所希冀的一切东西：尽管没有工作，但却拥有房子、花园和一个儿女双全的家庭。我四下张望着，目光落到了一根巨大的荨麻秆上，它被一堆乌头草和萱草包围着。我不由得有些同病相怜，眼下我的婚姻状况简直和它的境遇一模一样，我一边想着，一边戴起手套，用力把那些入侵者从地上连根拔起，清理完之后，心情才好了许多。我干劲十足地再度四下看了看，莱因哈德几年前移植过来的小松树此刻正挤压着我种在旁边的玫瑰花。打一开始，我就不喜欢这些看上去毫无生机的针叶树，刚被移植过来的时候，它们还只是小树苗，现在已经长得比我儿子还要高了。如果没了这些树，莱因哈德会发现吗？想来他已经许久没有到过花园了，更别提劳动了。我想着，手却不由自主地拿起了斧头，将眼前这些令人不快的家伙一一砍倒在地。

第二天一早，天空阴沉沉的，一场阵雨之后，天气开始逐渐回暖。在莱因哈德和孩子们离开家后，我赤着脚溜进湿漉漉的花园，那排小小的松树此刻正躺在地上，仿佛等待安葬的士兵。必须尽快处理掉它们，我像个见不得人的杀人犯一般，戴上灰色的遮雨帽，拿着修剪玫瑰花的剪刀，将树干上的细小树枝尽数剪下来，塞进一只塑料袋中。树干和较大的树枝无法用剪刀处理，只能用斧头一一砍碎。这是个耗费体力的工作，我大汗淋漓地忙活了一上午，总算是赶在午饭之前处理掉了所有的枝干。我把装有枝干残骸的口袋塞进汽车的行李箱，准备过一阵子把它们送到废料场去。

那之后我又坐下来，望着那幅全家福的玻璃画发呆。我的曾祖母惯常在脖间围着一条皮质的领子，身上则穿着一件羊绒衫，腰间搭着一条长长的金丝披肩，下端一直垂到大腿的位置，而上面所装饰的狐狸尾巴则几乎碰到了双脚，整个人看上去极不协调，也很不舒服。我犹豫着，不知道该不该把她这副模样画在画中。我不由得想起了塞尔维亚，大概她对时尚的理解也大多源自曾祖母，可我总不能在画全家福的时候，总是想到塞尔维亚。我全身心沉浸在对画面的构思中，完全没发觉莱因哈德站在了我身边。他忽然挡在我和玻璃画之间，我开玩笑似的说道："走开，别挡着，你又不像玻璃那样，是透明的。"

但他似乎并不吃这一套，脸色越发阴沉起来。"你什么时候砍掉那些松树的？"他问。

竟然这么快就被发现了！此时再推脱也无济于事了，于是我干脆地承认道："我看不惯那些针叶树很久了。"

莱因哈德瞪着我，他的眼神让我整个人都凝固了。忽然，他拿起我的玻璃画，说："说实在的，我也看不惯这件东西很久了。"

说完，他头也不回地走了，留下我和一地玻璃碎片站在原地。

此时恰好孩子们也过来了，拉拉见状问道："是爸爸打碎了你的画吗？"她显然听到了刚才大门关上的声音。

"不，不是的。"我的眼泪早已控制不住地落了下来，"是我不小心打碎的，不关爸爸的事。"

尤思特上来安慰我："别难过了，我再给你找一块新的玻璃板。"

"傻瓜，"拉拉说道，"妈妈不是因为玻璃碎了才哭的，而是为她之前画画所付出的所有努力哭的。不过妈妈，你最好是把画先画在纸上，这样就不用担心了。"

我张开手臂抱住他们，他们干脆倚着我，说起了暑假的事来。

"苏西说要去加拿大玩。"拉拉说着，尤思特也在一旁应和，提出了好多旅行的计划。

"你们要赶紧计划一下。"拉拉说，"不然就租不到度假的房间了。爸爸呢？他是怎么打算的？"

"你们自己去问他吧。"我依旧有些哽咽，眼下的这种状况让我觉得一起外出旅游简直是场噩梦。

尤思特把地上的玻璃碎片理了理，在地板上拼凑起来。"我觉得可以用胶水把它们粘起来。"他提议道。

我摇了摇头，并不想留着这些玻璃碎片，它们会时时刻刻提醒我今天所发生的一切。

"你看，拉拉和我的部分已经碎掉了。但是祖母和那个不认识的小男孩还是完整的，可以保存下来吗？"尤思特继续说着。

我胡乱点了点头，开始收拾玻璃碎片，准备丢掉它们。但想起尤思特的话，我再度心思涌动，将孩子们所在的玻璃碎片收拾起来，放在盘子里，搁在了橱柜的顶端。

就如同我所预料的那样，接下来的日子我和莱因哈德陷入了新一轮的冷战：只有在孩子们跟前的时候，才会说上几句无关紧要的话。其他时候则各做各的事，白天莱因哈德尽可能地不在家中多待，到了晚上，虽然我们依然睡在同一张床上，但却是背对着背，没有任何交流。我甚至怀疑，他早已在比尔斯特那里得到了某种安慰。

到了莱因哈德赴约商谈建造骑马大厅的日子时，我犹自算了算，大概有将近两个小时的时间，他的办公室将会空无一人。孩子们的班级集体外出郊游了，我不用做饭，有足够的时间可以出门一趟。于是我拿上莱因哈德给秘书准备的备用钥匙，来到了他的办公室。一进门，我奔向那张沙发，疑虑重重地仔细检查了一番，果然不出所料，上面一片狼藉。

窗台上的玫瑰花蔫蔫的，我不得不给它浇上水。之后我又来到办公桌前，一个又一个抽屉仔细查看起来。其中一个抽屉里放着一本相册，我从来没见过这本相册，显而易见，这是比尔斯特的。相册里夹着一张书签，我翻到那一页，是他们大学时候的照片，有莱因哈德、米亚、比尔斯特三人站在纳卡河的桥上向下挥手的照片，与其他人一起站在文特克城堡废墟上的照片，在学校门口的照片，戴着墨镜坐在敞篷车内的照片……

事情再明显不过了，过去那段尘封的浪漫时光，现在重新有了别样的活力。我的婚姻难道要葬送在这位女秘书的手里吗？那幅全家福玻璃画碎了，大概我的家庭也要随之破碎了。可我真的要无动于衷地看着这一切发生吗？我将桌上那颗玻璃球握在手里，攥紧了拳头。

现在正值正午时分，阳光透过窗子直射进来，照在旁边放着的金属贮藏柜上。我脑中灵光一闪，忽然想做一个小小的试验。我没能在放绘图材料的架子上找到丝绵纸，不过有盒餐巾纸也是不错的。紧接着我就发现莱因哈德之前提及的那把剃须刀依然放在厕所的窗台上，这让我心里很不舒服。戈尔松把其他地方都收拾得十分整齐，水池下面的储物柜里放着清洁剂、去污粉和一些挥发酒精。为了不留下任何明显的痕迹，我把浸了酒精的餐巾纸放在一个平底烟灰缸内，然后把玻璃球放在烟灰缸的上方,最后把它们放在直射的阳光下。果然,没过多久,烟灰缸内便蹿起一个小小的火苗。我急忙上前将火苗扑灭，接着把所有东西按原样归位。

回去的路上，我一边在心里谋划着这个黑暗的报复计划，一边不断思索着有关物理化学方面的知识。一直到走进家门，我才搞清楚问题的关键所在：酒精挥发速度非常快，即便我在某个周六晚上找到机会，在戈尔松打扫过办公室之后溜进去，布置好一切，但等到第二天太阳升起来的时候，酒精早就挥发完了。并且，我也无法百分之百保证莱因哈德周日不会到办公室去，也许太阳光还没来得及将一切点燃，他就已经对那个奇怪的设置起了疑心。

酒精是肯定无法使用的。我试着用混了蜡油的湿纸巾，结果发现不掺蜡的纸巾反而更容易烧起来。少了玻璃球，我无法确切地进行试验，但只要想起那本被烧起来的相册，我的内心就有一种疯狂的满足感。“小松树是因为伊穆克，这些火苗则是因为比尔斯特……”我口中喃喃着。只要阳光足够强烈，即便没有酒精这种助燃物，也一样能够成功。

晚上，拉拉和尤思特围在莱因哈德身边，叽叽喳喳说道：“再过一星期就放假了，其他人都已经确定好去哪里玩了！”

很显然，莱因哈德觉得度假这个主意很不错，他可以堂堂正正利用这个借口来摆脱家人。“对不起，宝贝们，我得帮塞尔维亚的骑马俱乐部设计大厅，所以没有时间和你们一起度假了。不过，妈妈会带你们去外婆家里玩。”

孩子们噘着嘴，有些失望，但也想不出其他什么离谱的理由，不然他们可能更愿意待在家里。我没说什么，脑子里一直在想如何在他的办公室里制造一场小型火灾作为临别礼物。一场只烧毁了相册和情书，却留下各类设计图和建筑图的火灾。

晚些时候我给艾伦打了个电话，问她是否欢迎我们做客。她想了一会儿，没有立刻回答我。

"我八月份不在家，"她说道，"你等等，我再确认一下……"

我们俩同时陷入了沉默，过了一会儿，又同时开口。

"因为莱因哈德接了个大项目，所以不能一起来，我们现在……"我说。

"可以一起去海边旅游……"她在那端说道。

艾伦提高了声音，喊道："你先闭嘴，听我说。"

艾伦每年都会到同一家宾馆进行浴疗，那家宾馆不在本地，而是在意大利那不勒斯的伊夏岛。"我请客，"她说，"来吧，我们一起去！"

我一时不知该如何回应。尽管艾伦经济上很富裕，但我真的可以接受她如此慷慨的邀请吗？而且假如两个孩子在宾馆里嬉戏打闹，会不会影响住在那里的老人们？艾伦不断劝说我，并打消了我的一切顾虑："宾馆外面就是海滩，孩子们可以在海滩上玩，我们也一样。"

最终，我答应了她的邀约。

拉拉和尤思特却有些犹豫，拉拉说："可她比外婆还老呢！"

"别瞎说，她没有孩子，也没有孙子。"我解释道，"你们到时候可能会玩得觉都不想睡了。"

于是拉拉和尤思特姑且接受了这个旅行安排。尤思特想了想，说："我还没去过意大利呢，我只去过法国、丹麦、荷兰和瑞士。卡尔比我去的地方多，他还去过美国和以色列，好像还有别的地方。"

到了晚上，莱因哈德一到家，他就跑过去把这个消息第一个告诉了他。"爸爸，去年你说要改建学校，就没和我们一起旅游，今年你还是不去，你不觉得遗憾吗？"

　　他们的父亲当然不会遗憾，只会在心底暗自高兴，他表示下周日会送我们去法兰克福机场。

　　这期间，艾伦又和我通了五次电话，她和那个宾馆的管理者关系非常好，特意帮孩子们订到一间双人房，并要我第一个星期一定要和她住在一起。

　　我十分感激我的姐姐，着手准备行李的同时，我脑中依然想着那个火苗计划。

　　出发的前一天晚上，我借口去找露西拿旅行攻略，溜到了莱因哈德的办公室。我将他那本相册摊开来放在窗边的文件柜上，然后把玻璃球放在相册的正当中。天气预报显示，明天将会是个阳光灿烂的好天气。当比尔斯特看到被烧得千疮百孔的相册时，一定气得要死，并且还会埋怨莱因哈德没有看顾好这本相册。

第十一章 烈火

　　莱因哈德将车直接开进了地下停车场，然后拎着行李一路把我们送到阿利塔利亚窗前，这是我和艾伦约好碰面的地方。他见到她似乎有些拘束，只简单打了个招呼。艾伦大概以为他会给我一个告别的吻，但其实并没有，莱因哈德只是象征性地抱了抱拉拉，然后摸了摸尤思特的头。

　　在飞往那不勒斯的飞机上，孩子们表现得相当好，不但被空姐表扬了一番，还被带到机长面前，参观了驾驶室。这个不得了的奖励让他们开心极了。一路上，我不断看时间。我们是上午九点钟出发的，十一点钟的时候飞机起飞，过不了多久，就会到太阳光最强烈的时候了。

　　到了十二点的时候，我几乎坐立不安，内心一阵恐惧。我似乎已经看到莱因哈德办公室周遭的住宅区陷入一片火海，几乎听到了救火车的鸣笛声。我先前根本没有想过，万一莱因哈德和比尔斯特此刻正在沙发上纠缠得难舍难分，根本没有注意到一旁无声无息的燃烧，等到火势真正猛烈起来，却为时已晚，两人很可能就此葬身火海，被烧成一堆黑炭，而周围那些无辜的邻居就更不用说了。

　　我盯着餐盘上丰盛的午餐，一点胃口也没有，在喝下一杯葡萄酒之后，我的心思终于安定下来。我不由得觉得自己想太多了，莱因哈德为什么要在星期天去办公室呢？他可以在我们家或者比尔斯特家度过一整天。他们肯定会在我的花园里享用香槟早餐，然后躺在一起耳鬓厮磨，甚至纠缠到天昏地暗。一想到有个陌生的女人睡在我的床上，我就感到一阵恶心。我从座位上站起身，艾伦关切地看着我离开。假如我能够完全信任我的丈夫，那么这次旅行该有多么美好啊！

火焰十分温暖但也十分危险。在我们那个地区，假如一座房子里没有暖气，厨房里也没有炉灶，那简直是件无法想象的事，这一切都有十分严格的标准界限。感情的火焰既可以使一对夫妻恩爱万分，也可以使他们分崩离析。但这种火焰却没有什么控制协会对此有可把控的技术。

戈特弗里德·凡·维奇的一幅写生画就画了这样一个场景。餐桌上燃烧着一支蜡烛，静静地照着桌上朴素的晚餐。十七世纪的时候，人们的晚餐是怎么样的呢？面包和一个鸡蛋、一杯葡萄酒，还有一罐水，显然不是什么节日大餐。

人们应当都能详细地说出水、葡萄酒、面包和烛光各自代表了基督教怎样的含义，但我却独独对那个鸡蛋感兴趣。画上那个圆形的还带点现代色彩的圆盘里，放着切成一条一条的面包，旁边还搁着一把刀。就如同一道甜点一般，人们今天也习惯于这样，即使已经迟到了，也还要穿着晨服坐在电视机前慢慢享用。但巴洛克时期鸡蛋的吃法却和我们现在不同，它们被横放在一个专门为此设计的锡制小碗里。人们用餐时，并不是从顶端将其敲碎，而是从中间拦腰敲出一个大洞。这样一来，面包就可以完全浸入流淌的蛋黄心里，供人好好享用一番。然而这种吃法也不知道是什么时候失传的。

假如少了旁边温暖的烛光，那么整幅画就会少了一种亲切神秘的夜间情调。画面的背景是一片漆黑，只有玻璃杯中的葡萄酒闪烁着金光，蛋黄和燃着火光的蜡烛也是画面布局中的两个闪光点。整体看上去，棕红色的釉质罐子、木板、蜡烛和面包，加上银色的金属材质，让人感觉到画面闪耀着金色的光芒。而属于白天的那些颜色，诸如白色、蓝色、绿色、红色等，则统统不存在于这幅画中。

下了飞机，我们坐着敞篷迷你出租车，穿过空气混浊的伊夏城前往宾馆，南国的风光的确十分优美，让我不知不觉就沉浸其中。一路上，刺桐树、木槿、九重葛、白蔷薇丛让我浮想联翩，唯一煞风景的是德国游客。难道所有六十岁的男人都是这副模样吗：运动短裤，脚穿凉鞋，白色袜子被高高拉起来，头上戴着棒球帽，身前还挂着一个 DV 摄像机。孩子们欢呼着跳进了宾馆的温泉游泳池，我则在屋内忙着整理行李。这里的空气十分潮湿，拉开抽屉和壁橱时，一股发霉的气味扑面而来。这股味道不禁让我想起了死人长眠的墓穴。

忙完之后，我和艾伦也躺在了游泳池边，看着劲头十足的孩子们玩耍。但当我看到第一批散步归来，或是刚从长长的午睡中醒来的客人时，我即刻预感到，拉拉和尤思特这种泼水打闹的行为大概会十分讨人嫌。除了两个孩子，我是人群中最年轻的一个，显得格格不入。

艾伦叫来了吐词不甚清楚的服务员，和所有意大利人一样，他不断地来回忙碌走动，看到艾伦举手招呼，他很快来到了艾伦的躺椅旁。艾伦先是点了两杯卡布奇诺，接着朝孩子们大声喊道："你们想吃什么？"孩子们迅速被冰激凌吸引了注意力，离开了水池，但我宁愿让他们到海边去嬉水玩闹。

艾伦轻声告诉我，清晨池子里面没有人的时候，可以使用具有按摩功效的管道。她说今天在早餐前，她就使用那些管道冲洗了脖子和背部，感觉舒坦极了。

晚饭后，拉拉按照和爸爸的约定，往家里打了电话，但却一直没有人接听。我想了许多理由，却刻意避开了最不堪的那一条。

孩子们因为打了三个小时的水仗，很快便上床睡觉了。我则和艾伦坐在一起，喝了一杯葡萄酒。

宾馆经理礼貌地吻了吻我和艾伦的手，并用流利的德语问我们还有什么需求。艾伦提出尽快帮我们安排两个单间，毕竟我俩不是夫妻，总不能一直住在一个房间内。"会很快安排的。"经理一面答应着，一面又拿出职业性的话语安慰我们，"请再稍微将就几天，我一定会帮你们解决的。"

忽然，艾伦又凑过来悄声对我说道："看，伯爵夫人又来了。她每年都从罗马跑过来，总是在游泳的时候戴着一副大墨镜和葛丽泰·嘉宝泳帽，散步的时候嘴里总是念叨着法国诗人莫泊桑的诗句。"

我抬头看过去，只见一位七十岁左右、身材瘦削的女人站在那里，脚上穿着银色的亚麻鞋，身上披着一件紫色的外衫，此刻她如同做瑜伽一般在做身体拉伸，丝毫不顾忌周遭的目光。

当她看到艾伦时，立刻高傲地走了过来，十分得体地微笑着打了个招呼，以示欢迎。当她走到近前，我才发现原来这位夫人不止一次做了眼皮拉伸。

"去年我和她之间有点不愉快。"艾伦状似随意地对我说道，"因为我们俩同时看上了一个年轻小伙子……"

我这才恍然大悟，她在吃饭的时候穿了一件低胸的上衣，而我却毫不讲究地穿得像个麻袋似的。我这个姐姐真是个奇妙的人！她把已经灰白的湿漉漉的头发拢到脑后，看到我诧异的眼神，又玩笑似的补充道："他是个按摩师……"

那一刻我便觉得，从现在开始，每天晚上都要穿着那件黑底缀有玫瑰花的衣服出来。

第二天清晨我们坐在阳台上吃早餐时，遇到了点麻烦的事情，由于天气太过炎热，奶酪片融化在包装纸内，仿佛是一种高强度的黏合剂一般，怎么也无法从包装纸上剥下来。相比之下，我更喜欢吃新鲜的西红柿和意大利式的干奶酪，这种片状奶酪其实是为了迎合德国人的口味而准备的。我们坐在那里，欣赏着不远处的大海、港口、灯塔，真是仿佛置身于世外桃源，惬意无比。

白日里，我们总算是步行来到了布尔托大街，这是条相当热闹的大街。艾伦说要向我们好好介绍一下她心中的度假天堂。果然，孩子们登时对阿拉贡城堡产生了极大的兴趣，幸运的是，这里有缆车可以直达山顶。艾伦和拉拉在一座空无一人的教堂里合唱了几首歌，声音在四周回荡着。这座教堂白得出奇，看上去十分高贵。之后，我们又到神秘的地下墓室去，这个地方一直是人们乐于参观的。从前的修女们在大限来临之际，会坐在石椅上等待最后的时刻。石椅是特制的，中间有一个圆洞。

"这看上去好像一个马桶。"尤思特说道。

死去的修女的尸体就在这个石椅上慢慢腐烂，直到从圆洞滑入下面的墓穴中去。其他人则在旁边每日为她祷告，同时也想着将来自己死去的情景。我那两个喜爱听恐怖故事的孩子此刻却被这个墓穴的故事吓得要死。

如今独身一人的艾伦又带着我们去了一家海滩用品商店，在那里可以买到潜水镜、潜水鞋和渔网，艾伦满足了所有人的愿望。

"我们必须给爸爸打电话了。"拉拉坚持道，"不然我该忘记到底要跟他说什么了。"

我们又去庞特吃了份拼盘沙拉之后，才坐出租车返回宾馆。艾伦不想错过午睡时间，她很看重这个。

拉拉一到宾馆就急忙往家里和莱因哈德的办公室打电话，然而哪个电话都没有人接听，甚至连答录机都没有打开。这到底是什么情况呢？我躺在床上忍不住想着，尽管床上铺着凉爽宜人的亚麻床单，可我依旧难以入睡。艾伦没几分钟便进入了梦乡，可我脑中还在不停地想着关于莱因哈德的事。

当我们傍晚从海边回来的时候，拉拉终于拨通了家里的电话。显然，莱因哈德还好好地活着，拉拉兴奋地向他说着这里发生的一切，飞机驾驶舱、海边、修女的故事、潜水镜、绿色的黄连木……到最后，我实在忍不住了，从她手里拿过话筒，带着几分焦虑和好奇问道："有什么特殊情况发生吗？"

"还能有什么，只有一大堆的工作。"莱因哈德说完便挂断了电话。

看来，我的玻璃球计划失败了。

晚餐是十分可口的鱼酱小牛肉，劳累了一整天的服务员们和孩子们开着玩笑，戏称他们为先生和小姐，还送了他们双份的冰激凌。经过一天的奔波，我总算可以松一口气，好好休息一番了。我尽情畅饮，开怀地笑着，向艾伦敬酒，以示对她如此慷慨的款待的感谢，让我们得以在这里度过一个美好的假期。然而到了夜半时分，我躺在狭隘房间的床上时，再度陷入先前的恐惧：莱因哈德虽然没有因我策划的事故而受伤或死亡，但他肯定和别的女人上床了，我这个傻子，亲手为他们奉上了长达三周的便利时间。

房间的灯忽然亮了，艾伦坐起来问我："你怎么还没睡？"

我不由得失声痛哭起来。"我丈夫出轨了。"我哭着说。

"这仅仅是你的猜测，还是说你已经有确凿的证据了？"

我没有回答，只是不断地擦着眼泪和鼻涕。

艾伦开始劝我，宛如一个心理医生："别哭了，你也可以去找一个年轻帅气的情人啊！这是最有效的解决方案！"

"现在？在这里？"我问。

"不然呢？如果你觉得孩子们碍事的话，我可以帮你照看他们。现在别再瞎想了，快睡吧，明天将会是美好的一天。"

第二天，艾伦立刻把昨晚所说的计划付诸行动，她想了一个绝佳的借口来哄骗孩子们：我必须到市中心的银行去换钱，这件事既无趣又很浪费时间。最后，拉拉和尤思特答应和她一起到海边去玩。

和他们分开后，我站在车站等车，我想，我必须赶紧找个年轻的小伙子谈场恋爱。我仔细打量身边站着的男人们，这里没有多少人，基本上是些退休却又不甘寂寞的老男人。他们手里拎着的布袋上面写着"基督教旅游服务"的字样，我看了一会儿，觉得能找到一个合适的人的希望实在太渺茫了。有个盲人拄着导盲棍站在那里，似乎也是来度假的，然而他要如何欣赏周围如斯美好的风光呢？又该如何注意到我一头漂亮的金发呢？在我身边站着一个脸上长满痤疮的胖男人，赤裸着上身，心情愉悦地挤上车，似乎并不介意和周围的人挤作一团。我看了一会儿，决定还是步行的好。

这时，一辆叮叮当当的车子停在了我身边，一个全身晒得黝黑的农夫，又或许是个渔夫拉开了生锈的车门，冲我做了一个"请"的手势，邀请我搭车同行。我心情复杂地坐上车，他伸出粗糙的手摸了摸我的头发，用意大利语问："你是德国人吗？"我们的交谈由于语言的障碍少得可怜，不过有句德语他倒是熟练："你可以上我的船。"

我拿出小女孩的乖巧对他说："我必须去一趟银行。"

"我可以陪你。"他说。

我感到一阵不舒服，或许只是单纯因为害怕，于是我开口道："我的孩子们还在宾馆等我回去呢！"

他立刻选择放弃，不再继续纠缠我，到了银行之后，他礼貌又有些拘束地跟我道了别。

我心神不宁地换了一张欧洲支票，给自己买了一条珊瑚项链，又给拉拉买了一条维苏威火山岩项链。接下来再去给尤思特和艾伦各买一件礼物之后，我这个可怜的老母亲就要回宾馆去了。

当我顶着中午的烈日，拎着一袋香甜的桃子来到海边时，艾伦当着孩子们的面暧昧地说道："这可真是场劳心费神的恋爱啊……"

"我被人邀请搭车……"我磕磕巴巴地说道。

艾伦聚精会神地听着。

"那是辆法拉利。"我继续说道，"是要去游艇参加宴会的，宴会上有龙虾……"

虚构出一种幸福是件多么简单的事啊！艾伦信以为真，兴趣盎然地问道："那你们约好下次见面了吗？"

"没有下次了。"我说着，眼圈也红了，"这是他最后一天在这里，他的妻子患了癌症，他必须马上赶回巴黎去。"

艾伦同情地抱了抱我，说："别灰心，明天再去尝试新一轮寻欢作乐吧！"

孩子们不愿午睡，而是在厨房间追逐打闹。工作人员似乎格外偏爱他们。当我午睡起床的时候，他们门也没有敲，就直接跑了进来。拉拉把一只小猫举到艾伦面前，大声喊道："看，这是路易斯送给我的！"

"出去！"我大声吼道。艾伦大概以为我神经质又犯了，但孩子们立刻听话地跑出去了。

我不得不解释给她听："德国现在差不多有五百六十多万只猫，有三百多万人对猫过敏。尽管我们家从来没有养过猫，但我也属于过敏这个行列。只要靠近猫，我就会鼻子发痒，眼泪直流，不住地打喷嚏。更严重的时候还会引发哮喘，甚至危及生命。医生也不建议我服用抗过敏药，因为它们有一定的副作用。"

"那现在这只猫该怎么办呢？"艾伦说，"拉拉恐怕得马上把它送回去。"

我想了想，决定顺其自然：猫身上长有虱子，如果孩子们被叮了，那他们自然就会远离那只猫。

虽然有些不合时宜，但我还是问了艾伦那个问题：她为什么没有要孩子。

"我们的父亲问过同样的问题，并且他当时尴尬的表情和你是一样的。"艾伦说道，"这跟想要不想要没有关系，我去许多医院看过病，但没有一次是有效的。"

我不由得想到，我的存在大概是和艾伦无法生育有关，假如我的父亲有了一个外孙，那他大概就不会坚持再生一个儿子来继承家业了。"如果马特还活着，"我说，"那大概安妮萝丝就不存在了。"

艾伦笑了起来，说："天啊，你怎么会有这样的想法，尽管全世界的人都在尝试控制人口数量，但不得不承认，人们依然喜欢生孩子。不过不同的是，你是有意识被生出的孩子。我倒是从来没觉得父亲不喜欢我，尽管我是个女儿。"

"你是他的第一个试验品，而我是他最后的成果。"我说道。

后来，艾伦和那个罗马来的女伯爵凑在一起耳语着什么，看到我过来，他们止住了话题，开始谈论一些关于天气的闲话。

孩子们忙着给自己的朋友写明信片，还要写给莱因哈德和我的母亲。我没什么要写的，只在明信片上象征性地给莱因哈德画了一束被折断的玫瑰，给我的母亲画了一只小老鼠。孩子们十分开心，尤思特叫道："艾伦，你知道吗？外婆叫妈妈'小老鼠'。"他现在连姨妈都不叫了，直呼艾伦的名字。

于是艾伦、拉拉和尤思特一起大笑起来，我觉得似乎我不在的时候他们也相处得很好，于是便独自朝港口走去。

我也不知道自己究竟想做什么。没人陪着，一个人逛来逛去，当真十分惬意。我可以随意在任何一家商店的橱窗前停下来，想站多久就站多久，无论何时何地，或是想吃什么，就可以马上付诸行动。

路边有一个替人画肖像的人，我不由得停下来看了很久。他正在给一个略显雍肿的女人画像，对方显然希望能将自己画得更为年轻漂亮一些。到底她是他的试验品，还是他是她的试验品呢？我站在那里，看他用红色的笔快速熟练地勾勒出人物的大致轮廓，这是我在画全家福画像时所没有想到的技巧。描画完毕之后，女人付了一个令人满意的价钱，这位画家立刻开始环视四周，开始寻找新的顾客，并把视线落在了我的身上。

"不，我没有钱画像，只是纯粹感兴趣，因为我也画画。"我壮起胆子解释道。

这个画家会说德语。似乎伊夏岛上的每个人都会说德语。他告诉我他感到十分惭愧，因为自己并不擅长速写，不过在旅游旺季，尽管竞争比较激烈，他还是能赚到可观的酬劳。接着，他打开画夹，拿出一些他认为画得很好的画给我看。那都是一些超现实主义的场景画，所用的颜色都极其梦幻，各种古怪的生物在天堂一般的乐园中追逐嬉戏。

"太美了！"我赞叹道。这种赞美对于画家来说，显然很受用。

保罗将东西收起来，朝十多米外的同事打了个招呼，请他帮忙照看一下画架和折椅，之后邀请我一起去喝咖啡。我们坐在咖啡桌旁，他三句不离本行，但也不住地问我是怎么画画的，都画些什么，以及在度假的时候，我是不是也有着强烈的想要创作的欲望。

然而这段经历终究无法变成一段浪漫的故事，因为保罗已经开始颇为自豪地说起了自己的长子。最后，我们也只是一起逛了逛一家美术用品商店。我们在店中挑选了各种墨水、羽毛笔、画笔、彩笔和各种尺寸的画本，临走时的一句"再见"如同绕梁不绝的音乐一般，在回去的路上一直萦绕在我耳边。

但艾伦认为这些绘画用品不过是个工具，最终目的是要吸引这位有一头黑发的保罗的注意。"打铁要趁热，这是件好事。"她说，"你明天要再接再厉！在这里度假的话，就算你到了我这个年纪，也一样有着大把的机会。"不过我的两次单独出行也随即告一段落，因为我着魔般迷上了画画。

我拿着羽毛笔，在画纸上胡乱画着洋蓟、海中鲷鱼的骨骼、夹竹桃的花朵、木槿、装满无花果的果盆……我恣意任性地画着，然后又用水彩颜料上色，感到十分幸福满足。我喜欢坐在孩子们嬉戏玩耍的地方，比如弹珠台、海滩或是阳台上，以免受到不必要的打扰。我如此沉迷画画或许让艾伦觉得很是无聊，毕竟她喜欢打听他人的爱情故事，来作为自己风流往事的补充。

拉拉大概下意识觉得爸爸妈妈之间的关系有些紧张。她每天都试着给莱因哈德打电话，但几乎都没能找到他。我的女儿在不知不觉间代替了我的角色，开始试图去挽留自己的父亲，同时也是这个家的经济支柱。我却只是因为他的办公室没有被烧毁而庆幸不已，否则，因为火灾而导致的保险单会让我忙得一个头两个大的。

第十二章 鹦鹉病

伊夏岛是出了名的疗养胜地，尤其对于那些风湿病患者来说，更为合适不过。有的店家甚至在门口挂上了写着"早上洗泥浴，晚上跳探戈"这种夸大其词的招牌，用来吸引顾客。沙滩上有许多年轻的意大利情侣和家庭，大概都是因为受不了那不勒斯糟糕的气候，跑到这里来享受了。每当我细细观察眼前经过的小情侣们的时候，都有一种自己年纪实在是太老了的感觉。像我这样奔四的女人，还拖着两个老大不小的孩子，实在无法再次混入大学生们的行列了。相反，我倒是被一群老阿姨拉进了她们的行列，并生气地向我抱怨道："你看看那些不知检点的年轻人……"

有一对年轻的夫妻，让我尤为感慨。他们两人看上去是那么美好！身材修长，皮肤细滑白净，一头乌黑的鬈发，脸上神采奕奕。他们像孩子一样在海边嬉戏打闹，玩着沙滩球游戏，高声大笑，共同分享着一支冰棒。令我内心触动的是他们如此幸福的情景，以及发自内心的快乐。再看看我自己，却和姐姐一起坐在沙滩上画画，时不时抬头看一眼玩耍的孩子们，以防他们调皮捣蛋闯祸。我美好的青春已经一去不复返了，尽管我也曾经体验过初恋带来的美好，但此时此刻我已经再也无法体会了。

伊夏岛的居民和从意大利来的游客不太一样，他们更为固执和保守。男人们不会像鹦鹉一样叽叽喳喳，那位画家保罗也是如此，是个典型的保守主义者。直到现在，我依然会有点伤感地想起他。

从北方来的大部分人的目标很明确，那就是找一个拉丁情人。她们赤裸裸的目的，以及大胆的行为，甚至连年岁很大的女人都穿着十分暴露，让我觉得很难为情。相比之下，倒是从南方过来的女游客的行为举止更为讲礼数一些，几乎人人穿着黑色的衣裙。我宁愿归于她们的行列，也不愿和那些为了寻求一时情爱的刺激，恨不得把自己打扮得年轻五十岁的女人为伍。但在她们眼里，我这种行为显然十分愚蠢。实际上，单是要找借口摆脱那些声称要欣赏我一头金发的男人，就已经够麻烦的了。

意大利画家加布里埃拉·萨尔琪于1716年的时候，画了一幅与鹦鹉有关的静物画，整幅画看上去十分舒适愉悦。这张桌子被布置得如此撩人，应当是出自一个女人之手：桌布是蓝色的丝绸，上面还铺了一层薄薄的纱，纱的边缘镶着一圈蕾丝滚边。桌上放着一个水果篮子、一把小提琴和一个托盘，托盘里放着一只精美的红酒杯。旁边还有一块汤勺大小的白糖糕和一些可口的水果。小提琴让人为即将到来的音乐会而愉悦，玫瑰花的香气沁人心脾，纱质桌布和精美的玻璃器具给人美的触感和享受，那些互相交织的鲜明色彩则给人以视觉上的冲击。而那只鹦鹉则跃跃欲试地盯着爆裂开的无花果，它的爪子紧紧抓着一只无花果，贪婪地啄食。或许在这幅画中，这只饥饿啄食的鸟儿连同它弯弯的鸟嘴都代表着一种对情欲的渴望。以前许多画家在画中暗示情欲时，都十分隐晦，如同当今的电影一样。众所周知，无花果象征着情欲，而鹦鹉嘴内呈现出的玫瑰红色又是那么具有掠夺性，能把瓜果、葡萄和桃子统统吞噬进去。

现在那些喜欢留情的男人在直接和大胆的热情上和这只彩色的鸟儿是那么相似。他们无时无刻不在寻觅甜美的果实，并毫无愧疚地将其一一吞食下去。不过对于他们来说，难道我是一颗熟过头了的无花果吗？

艾伦有时候对我有些恨铁不成钢，就像是在教育一匹犟脾气的马："我自小被教育成为一个言行举止规矩的女人，甚至在丈夫死后，我都无法摆脱这种根深蒂固的思想。我希望你们这些年轻的女人别像我这样，你们可以更加大胆地去生活。"

"我并不是个寡妇，"我说道，"可能我的确和男人相处起来有些困难，父亲之前经常说我是个榆木脑子，不开化。"不过艾伦认为，所有的女人都会觉得和男人们难以相处，而所有的男人也都有同感。

我想送给艾伦一件礼物，可一直没想好要送什么。她几乎不怎么戴首饰，也不知道她喜欢什么风格的衣服。为了买到一件合适的礼物，我整整一个下午都在各个商店里转悠，最后我在百货商店里买了一个很大的水果碗，里面还装饰着陶瓷做的各类水果。

艾伦十分高兴，接着她又说："我还有个小小的愿望，你给我画一幅肖像画吧！"

其实保罗的技术要更好一些，我在心里默默想着。毕竟在之前那幅碎掉了的全家福中，只有笼统看上去，不纠结于细节才能分辨出每个人的大致形象来。不过我还是打算尝试一下，艾伦耐着性子坐在那里，专心当我的模特，然而我却不是个好画家。

"安妮，你知道吗？"艾伦说，"你可能不太擅长画人物，或许更擅长画风景，不然你帮我画一张满是这里特色纪念品的图，我看到画就能想起伊夏岛。"

我们把贝壳、编在一起的海胆骨骼、红色的夹竹桃花，还有新买的水果碗放在一起，摆在栏杆上缠满九重葛的阳台上，试着构出一幅海岛静物图来。

这时拉拉跑了过来，说自己在海水中捡到了一颗被遗失久远的宝石。他们两个声称自己冒着生命危险潜到水中，费了好大力气才把宝石捡回来。我看了看，发现那只是一块来自游泳池的瓷砖碎片，被海水来回冲刷，磨成了光滑无比的形状。于是我将这个小东西也放进了静物图的组成物中。

第二天，艾伦去弗里奥游玩，回来时给我带了一件礼物，是一幅古希腊神话中半人半马的肯陶洛斯人拥抱水中女神的画。"可以把这个挂在你的床头，"她说道，"替换掉约瑟夫的圣像。"

我俩互相看着对方，一起笑出声来。这两个星期以来的悠闲生活，阳光、海滩、美食，让我几乎变成了一个和水中女神一样无欲无求的人。

在最后一个星期的时候，拉拉的脾气忽然变得很坏，完全不像是之前温和良好的模样。而且经常和弟弟怄气，我时常听她对尤思特说："滚开！"

而尤思特作为我们之中唯一的男性，则常常装出一副成熟男人的模样，和许多陌生的孩子交上了朋友。

同时我也发现有个中年男子待在海边教几个半大的孩子自由泳，当尤思特不小心赤脚踩在一块玻璃碎片上时，他把这个一瘸一拐的伤员送到了我们这里。我只得拿出手边仅有的水彩纸帮他做急救。

这个陌生的男人礼貌地自我介绍说，他叫吕迪格·庞德曼，之后他在冰激凌店老板那里借来了急救箱，尤思特看到流血的伤口时脸都吓白了，这下他再也不会下海了。

吕迪格·庞德曼对他表示了同情，并提议道："我们打一局扑克怎么样？我有牌，你姐姐应该也很愿意一起玩，很简单，你们一学就会了。"

休息的时候，拉拉跑过来对我说："吕迪格好酷啊！他打牌的技术超高，别人都看不出来他有没有摸到好牌！"

尽管我告诉女儿不要直接叫一个陌生人的名字，但也没有太在意，只是继续画着手里的画，却没想到几天之后，意想不到的新故事发生了。

我们后来得知，吕迪格·庞德曼是汉诺威一家保险公司的计算专员。今天是他来这里度假的第一天，因此和我们相比，他的皮肤还没有晒黑。糟糕的是，他对现在所住的旅馆并不满意，他曾抽时间坐车到卡布里岛，试图在那里找到更合适的住处。

"我们的宾馆特别棒！"尤思特说，"说不定现在还有空房间呢！"

艾伦立刻点头表示赞同。

于是吕迪格当下就决定和我们一起用餐，并借这个机会看看宾馆的状况。晚些时候，他过来和我们一起吃饭，之后便住了下来。

艾伦对我说："你看，他很明显是为了你才留下的，他总不至于看上那个老得不得了的伯爵夫人。你难道没有发现吗？他并没有戴结婚戒指，这并不是重点，重点是，他现在身边没有女伴，难道你不觉得他长得还不错吗？"

没错，他有着一副好模样，很有礼貌，对孩子们也很好，没有纠缠不休，也没有讨人厌的地方。当然，这一切可能只是因为他胆子不够大，但总比自大自傲的人要强得多。

当尤思特提出要我们之间不要客气地用"您"而改为用"你"的时候，吕迪格的脸几乎红了起来。我们和他相处下来，明显感到他是个十分有礼貌的人，会说一点意大利语，博览群书，去过几乎大半个欧洲。艾伦在旁边小心翼翼地打探着有关他家庭的情况，而吕迪格也似乎已经从孩子们口中得知了他们父亲的情况，也知道了家庭并不常常分居两地。

很难相信，一个四十四岁的颇有魅力的男人，没有家庭，没有女朋友，独身一人。或许他刚刚离婚，也或许是刚和女朋友分手，他的行为举止十分得体，并不像是那些急于寻找女伴的小伙子一样心急火燎。毕竟这沙滩上除了我这个带了两个孩子的女人和我那头发花白的姐姐外，还有许多其他的女人，其中不乏年轻的姑娘。此外，这周遭的宾馆也多得很，并不只我们住的这家。拉拉随口问他："你有孩子吗？"

很可惜，他没有孩子。

自那时起，我们的餐桌上便始终萦绕着热闹的气氛，拉拉和尤思特大约是觉得受到了重视，十分开心。我也比原先活跃了些，艾伦更是兴高采烈，我们五个人就这样度过了十分美好的一天。

"这个男人非常适合组建家庭，"艾伦对我说，"他很有这方面的天赋，也很善于和孩子们相处，很可惜，我们刚来的时候没能认识他。"

对于那些胆小的男人来说，有时候需得给他们一些小小的推动。因此，我在早餐的时候，撒了一个谎："我之前在拉考·阿梅诺的店里看上了一款手提包，到现在心里还惦记着，你们谁能陪我再去看看？"

"我去！"拉拉立刻应道，但艾伦适时插话道："孩子们，你们是不是忘记了今天要去骑路易斯弟弟的马？我已经和他约好了……"

"那我去帮你们拍照。"吕迪格也说道。其实我原本的计划是和他一起外出几个小时，只可惜，他并没有领会我的意思。

我不得不挑明说道："我原本希望你能和我一起去，顺便帮我参谋一下。"我大着胆子看向他说道："我有时候有选择困难症。"

吕迪格应道："其实我也是，你姐姐应该比我更懂得款式选择，不过我还是愿意一起去。"

拉拉一直把我们护送到路边的汽车站，然后对我说道："其实我之前骑过塞尔维亚的马，已经骑够了。"我心里猛地一打鼓，她又继续说道："不过艾伦姨妈好像很期待，我不能扫她的兴。"

等车的时间有些漫长，此刻拥挤的交通状况反而正合我意。"妈妈！"拉拉喊道，"来了两辆车，你看，后面那辆几乎是空的。"然而还没等她回过神，我已经坐上了第一辆车，并透过车窗冲她挥了挥手。

我暗自怀着自己的小心思，想要在每个转弯的时候倒在吕迪格怀里。但运气不佳，很快我们便有了座位。到了拉考·阿梅诺，我领着我的跟班穿过一座街心花园，朝着阿尔布斯托城堡走去。这是一座十分美丽的公园，里面有阴凉的林荫道，两边种满了玫瑰花和桃金娘。

我们在一张砌着瓷砖的长凳上看到一种蘑菇状的凝灰岩块，来自海边的艾伯米欧山，经常被用作明信片的城市标志。我在旅游指南上读到了关于这个的一则故事，是一个关于爱情的悲剧故事，因为这个蘑菇的形状很像是一对夫妻在眺望山峰。

我忽然觉得，吕迪格也像是一块石头，于是我开口问道："你结婚了吗？"

他没有直接回答，而是说："和你正相反，我已经离婚十年了。"

"因为什么？"

"性格不合，可能我们结婚的时候太年轻，还不够了解彼此。"

我安抚似的拉过他的左手，我们两个总要有一个人主动出击。他虽然没有拒绝，但空下来的右手却依然在那本伊夏旅游指南上翻着，查看博物馆的具体开放时间。我有些失落，我到底在做什么？

我们最终还是去参观了博物馆，之后买了一个布包，还吃了一份当地的小吃，最后乘车回去。我和艾伦已经不住在同一个房间了，我心情沮丧地回到自己冷清的房间，准备休息一会儿。

五分钟后，艾伦便过来敲门。一进门她便一脸期待地看着我，似乎在问我结果如何。"什么也没发生。"我说。

"他不好意思吗？"艾伦问。

我摇了摇头。

随即我们两人同时不解地问出了声："那他为什么要跟我们一起度假？"

"可能他心里还想着另一个女人。"艾伦猜测道，"他无法忘记她，内心一直跟她藕断丝连。"

我同意这个说法。现在我觉得自己大概是没什么希望了，毕竟我又不能强迫吕迪格和我上床。不过他总跟着我们也有一定的好处，因为那些如同鹦鹉一般的浪荡男人再也不会靠近骚扰我了。

可我又转念一想，为什么我的丈夫一个人在家，他的女秘书可以随时随地和他调情，而我在这里费尽心机，最终却还是一无所获呢？

下午，我们再度一起坐在海滩上的时候，我指着一对恩爱非常的情侣对他说："你看，他们真让人羡慕，你觉得呢？"

旁边那位石头一样的绅士赞同地点了点头，有些出神地说："那么年轻，还是孩子一样。"

难道我的年纪太大了吗？可他自己也不是二十出头的人了。于是我决定试试别的方法。我让他帮我在背上涂些防晒油。他十分乐意帮忙，动作友好得体，就好像是我的姐姐一样。可我心里很清楚，人们还有另一种涂防晒油的方式。

拉拉已经很懂事了，当只剩下我和她的时候，她问我："你喜欢吕迪格吗？比喜欢爸爸还要喜欢他？"

我笑了起来，说："别胡思乱想，宝贝，再过几天我们就该回家了，到时候就看不到吕迪格了。"

接着，我又试探性地故意问她："比起爸爸，你更喜欢他吗？"

拉拉摇了摇头说："不，他喜欢男孩子，不喜欢女孩子。"

拉拉的话让我顿时如同醍醐灌顶般明白了一切，从那一刻起，我的眼睛便一刻不离地开始观察他。我为什么从没想过，这个男人是在我儿子身上寻求某种满足呢？

"艾伦！"我有些无措地对她说道，"我想我可能有点神经质了，你快看孩子们！"

此时吕迪格正把尤思特的脚抓在手里，检查他结痂的伤口。他小心翼翼地抚摸着尤思特晒黑的小腿，温柔地看向尤思特的眼睛。小男孩大概是觉得有些尴尬，便把脚挣脱了出来。

"我明白了，"艾伦说，"现在我们该怎么办？"

"我简直想用烂掉的贝壳把他毒死！"我气得简直无法正常思考。

我俩像疯了一样盯着吕迪格，他在距离我大约二十米的地方，翻看着一张意大利报纸，孩子们则围在一个卖冰激凌的人身边，可他们买冰激凌的钱并不是我给的。

"其实你大可不必现在和他撕破脸。"艾伦沉默着想了一会儿，说，"他好像也没有恶意，也没有一分钟是单独和孩子们待着的。海滩上的一切都是公开的，这些意大利妈妈一秒钟都不会把眼睛离开孩子身上。我保证，这期间他并没有对尤思特做什么，而且他应该也不会做什么。"

"可我又怎么能知道呢？"

不过大概艾伦说的没错，就如同我在看那对情侣时，是怀着欣赏的心思去看的，而从吕迪格的表情中，我看到了他怀着同样的心思在看我的儿子，同时还有一种不敢逾越、无法打破禁忌的悲伤。

我们继续愉快地度过了剩下的几天假期，吕迪格应当是知道我已经看穿了他的意图，因为有一次我实在是忍不住，对他说道："我想你应该不是因为我这双漂亮的眼睛才来和我们一同用餐的，当然也不是因为艾伦，更不会是拉拉，那么还剩下谁了呢？"

让我觉得奇怪的是，对于这种带有明显攻击性的话语，吕迪格既没有反驳，也没有和我争辩，而是默默地接受了。之后他对我说："安妮萝丝，我们两个不合适，出于各种原因，我们不得不放弃掉彼此。但我想，你一定能比我先找到幸福，而我恐怕一直到死，都必须压制心中的那种渴望。"他说这话的时候，脸上带着一种悲伤。

在外人看来，我们似乎是一个和美的家庭。在假期的最后一天，当我们和伊夏岛的住民一起庆贺奇妙的奥瓦尼·齐奥塞伯守护节时，连我们自己都差点相信了。这个节庆相当热闹，无论是陆地上还是水里，都有各式的游行队伍，最后还有焰火表演。我不禁想着，这次新认识的人居然是个柏拉图式的同性恋，莱因哈德又会对此说些什么呢？自从知道了吕迪格的底细并和他划清界限后，我对他也越发多了些理解。

最后一个晚上，我和艾伦外出散步，算是一个告别。她十分好奇地问我："这次旅行之后，我对你的了解又多了许多，但有一点我依然不明白，你曾说过在结婚前交往过许多男人，可为什么这次来度假你却无法与他们正常交往呢？"

"我之所以当时交那么多男朋友，纯粹是为了气我的母亲。其实他们谁也没给我带来真正的快乐，莱因哈德是第一个例外，而且还是在脚手架上。"

艾伦哈哈笑了起来，说："孩子，如果你的确对其他男人没有兴趣，那就对莱因哈德好一点。"

"是，老妈子。"我应道。

随着和莱因哈德的重逢越来越近，我心里也越发不安。这期间，只有孩子们往家里打过电话，我没有过任何主动的行为，既没有寄明信片，也没有替他买过礼物。也就是说，在他所说的自己辛苦工作的时间里，我们享尽了轻松愉悦。

我几乎可以想象得到，莱因哈德内心是多么生气和嫉妒。假如他对我的态度十分温和友好，那就说明他的确心中有愧。可我到底在期待什么？一个温和的骗子还是一个闹小脾气却用心工作的丈夫？

在收拾行李的时候，我不得不把许多小贝壳、珊瑚枝和晒干的小海马用手帕一一包起来，这不全是孩子们的宝贝，也有一些是我收藏起来作为将来画画的素材的。我十分享受餐桌前那点空余的时间，它们完全是属于我一个人的。我不由得开始在心里构思一幅画来，我把从海滩上收集起来的小玩意儿分门别类地装进一个空巧克力盒子的一个格子内，加上小小的蜗牛壳、全家福画像的玻璃碎片和漂亮的干花。此外，我觉得再加上一根鸡骨头、一只蝴蝶和一朵蓝色的紫蓟花应当也是不错的。在回去的路上，我就这样在心里默默打定了主意。

吕迪格送我们到那不勒斯机场，莱因哈德则会在法兰克福机场接我们。

第十三章 笨羊

　　飞机落地时正赶上倾盆大雨，这倒是很符合我糟透了的心情。孩子们一看到莱因哈德便扑了过去，激动地拥抱着他，就好像已经很久很久没见过他一样。莱因哈德也十分激动，连我也一起抱在了怀里，之后把行李放上了行李车。莱因哈德看着一大堆装着钓鱼用具、潜水镜以及湿乎乎的游泳裤的塑料袋时，不禁摇了摇头。在回去的路上，孩子们开始七嘴八舌讲述起了度假见闻，拉拉一刻也不停地说着，甚至连句子间的停顿都省去了，一直啰唆到进家门。

　　进门前我着实有些担心，家里到底是一片什么光景呢？是整整齐齐，还是一片狼藉？应该都不是，毕竟莱因哈德的性格既不暴躁也不温吞。果然，眼前的情景如我所料，大概最后两天没有收拾，但也不像是三个星期都无人打理的状态。我把第一批衣服塞进洗衣机之后，就急忙到花园里去了，心想应该能看到新栽的小松树。出乎意料，莱因哈德没有栽树，但也没有除草和浇水，所幸这期间下过雨。

　　"爸爸，你会打扑克牌吗？"我听到尤思特问道。

　　尽管莱因哈德觉得时间有些紧张，但他还是从抽屉里拿出一副扑克牌，打算在晚饭前和孩子们玩一轮。我在厨房里清洗杯子，上面倒是没有可疑的口红痕迹。我一边刷着粘着污渍的盆子，一边透过小窗听他们说话。孩子们几乎每两句话就会冒出一句："吕迪格……"

　　等到拉拉和尤思特上床睡觉之后，我和莱因哈德有些不自在地坐在了一起，他这才狐疑地问起关于吕迪格的事。我把之前用一次性相机拍的照片翻出来给他看，莱因哈德生气地说道："就是这个每张照片都有的人吗？我还以为你是和你姐姐出去度假的！"

说来也怪，艾伦几乎没怎么和我们合照，大部分情况下，她都是那个拍照片的人。更奇怪的是，头两个星期里，我们谁也没想到要拍些照片留念，那时我们身边还没有任何男人陪同。一直到吕迪格加入我们，艾伦才萌发了拍照的念头。

莱因哈德拿着照片仔细观察了一番，忍不住大骂道："原来如此！你在那边找了个疗养伴侣，成天形影不离地陪着你！"

"你别激动！"我有些好笑地劝慰他，毕竟这还是头一次看见他吃醋，"我对吕迪格没兴趣，他对我也没兴趣，他是个同性恋，而且只喜欢小男孩。"

但刚说完我就后悔了，我不该把这件事说出来的，因为莱因哈德显然更加暴怒了。我大概是脑子不清醒了才会说这些。我立刻向他保证，说吕迪格从没有做过什么，但很显然这个解释是徒劳的。莱因哈德已经彻底认为我是个愚蠢的、不负责任的母亲，根本没有能力好好保护孩子们。他觉得我简直长了个笨羊脑袋，脑子里只装着青草和干草料，丝毫没有一点母性和正常人的思维模式。

在一幅作者不详的厨房写生画上，最引人注目的就是一只被切下来的羊头，一双眼睛圆张着，羊嘴因为极度痛苦而扭曲，让这头无辜的动物成了痛苦的化身，而并非平日里所说的愚蠢。画面的背景是复活的耶稣和他的两位门徒，还有一个正在生火的女仆，似乎正在准备烹饪桌上的美味佳肴。

艾莫斯也画过一幅类似的画，在他画中的酒店里，结实的栎木餐桌上，放着一只羊头，周围环绕着灰绿色的豌豆荚、白萝卜、甘蓝、胡萝卜、洋葱、刚烤好的面包和一条鲱鱼。还有一个果篮，里面装着樱桃、苹果和梨，稍微靠后的地方放着一把闪闪发亮的锡壶。画面边缘是餐桌的边沿棱角，上面遍布着小东西，有苍蝇、蝴蝶、小玫瑰、锦葵花、樱桃和茶藨子。

再回到作者不详的这幅画上，熊熊燃烧的炉火、飞舞的蝴蝶、水中的鱼和地上生长的蔬菜同在一桌，聚齐了四大元素。而远处的背景则体现出浓厚的宗教色彩，显然这位画家更想表现各种色彩和厨房中各类物品的强烈对比，至于深层次的道德观念则在其次。陶罐映射着窗户的亮光，又把光亮反射到光滑的水壶和鱼鳞上。而亚麻布、手工编成的篮子、新鲜的花朵、毛茸茸的柔软羊鼻子和有些干枯的菜梗构成了一幅栩栩如生的厨房场景。然而这些司空见惯的东西若非出自画家之手，也只不过是一堆满足肚腹的食物而已，就如同是一位家庭主妇在准备一顿节日大餐一样，纯粹是一种自娱自乐。巴洛克时期的日常在画家手中留下了永恒的记忆。

我每天要做的家务就如同是西绪弗斯推石头一般——不停地洗洗涮涮、煮饭除草、擦拭打扫，可到了第二天一早，一切仿佛又回到了原点，我必须再一次从头做起。我画的那幅全家福玻璃画也被莱因哈德打碎了，什么也没有留下。这世上一切事情都像是我丈夫那座丑陋的房子一样，毫无定数。再过十年，孩子们也会离开我，我不禁想，我究竟是为了什么而活着？

度假回来的第一个晚上，我和莱因哈德的私下谈话便被一阵电话铃打断了。我神色轻松地走过去接起电话，莱因哈德则顺手打开了电视机。是艾伦打来的，她在电话中问："你们顺利到家了吗？你现在一个人吗？说话方便吗？"

我站在走廊里，将客厅的门稍稍拉上了些，而后把发生的事告诉了艾伦："太糟了，你拍的合照上每一张都有吕迪格，结果莱因哈德醋意大发，我不得不把所有事情都告诉他……你简直想不到……"

艾伦似乎是在憋着笑，她说："他生什么气，这段时间他难道不是和女秘书卿卿我我在一起吗？"

我还在回想是否在这短短几个小时内发现了什么蛛丝马迹，目光却落在了窗台上："艾伦，我发现窗帘被重新清洗过了，这件事太奇怪了！"

但艾伦显然不认为这会是情人所做的事，她说："除非她想证明自己是个万能主妇，能比你更会照顾家人和莱因哈德。但是你知道吗，独自一人回到空荡荡的家中并不是什么值得高兴的事，信箱里塞满了账单，甚至还有份讣告。我有个最好的朋友，她的孩子们评价她的时候，说：'母亲忠实的双手从此停止了……'"

我并没有认真听她说话，因为我再次发现，厨房架子上某个我不常使用的地方，摆着十个装得满满的密封罐子。"等等，"我不由得生起气来，走过去仔细看那些密封罐，"这太令人震惊了，那个超级主妇还做了樱桃酸果酱！还在上面写了字！这种反常的禁欲行为你能想象吗？"

艾伦在电话中发出一声惊叹，同时，客厅的门开了，莱因哈德走了出来，刚巧听到了我最后一句话。"怎么？你的吕迪格已经迫不及待打电话来了吗？"他问道。

我干脆把电话递给他，艾伦还在那端大叫着："安妮……安妮，发生什么了？"

他挂掉电话，我再也忍不住了，指着那些贴着纸条，用红布扎得整整齐齐的罐子大叫起来。

"原来是这样。"莱因哈德说道，"我母亲来这里住了一周，这是她做的。"

当晚我们有了一次几乎是和好之后的欢爱，可当我们在床上紧紧纠缠在一起时，我却忽然打起了喷嚏，接着又开始流鼻涕。一直到我离开房间，走到漆黑的阳台上时，这种过敏反应才渐渐消失。半小时后，当我浑身冰凉，重新躺回到床上时，莱因哈德已经打起了呼噜。我想，我大概距离成为一个值得爱慕的妻子还差得很远。

不过话又说回来，莱因哈德的话让我大大松了口气。他的母亲是个古板的女人，因此他断不可能当着他母亲的面领一个陌生的女人回来。可另一方面，我又担心那位勤劳的家庭主妇发现家中一些被我遗漏的卫生死角。比如，我早就该把冰箱彻底清理一番了，而现在看来，她已经用醋彻底清洁了一番，而且橱柜上的油污也被清理得干干净净，里面的东西也都一一归整了一遍。我把炉灶从柜中拖了出来，按照之前的经验，里面肯定残留着许多诸如面条、豌豆、桂叶、大蒜甚至是发票等细碎的垃圾，再加上烹饪时的油污，这些东西都被黏成一团。我们炉灶下的食物残渣简直能让人野餐一顿，然而现在这里就像是被洗劫一空的妖怪宫殿一般，干干净净。

早上要忙的事情很多，孩子们还没有开学，他们吃过早餐就跑去找小伙伴玩了，顺便吹嘘我们的意大利假期。我翻遍了所有的橱柜和所有的抽屉，甚至还检查了针线筐，想要找一些新的证据来证明我这位婆婆的勤劳。事实证明，她只是没有打理花园，但这一周里，她的确做了不少的事情。只是她究竟是出于好心，给我一个惊喜，还是仅仅向我展示如何收拾屋子，我不得而知。

每年圣诞节的时候，莱因哈德的母亲都会从巴克南赶过来，在这里住上两星期的时间，给全家人，又或者说，给他的儿子，这个全家的宠儿做饭。她会把所有的拿手菜都搬上餐桌，拉拉和尤思特虽然很喜欢油炸馅饼和乳酪面疙瘩，但却十分讨厌酸杂碎的味道。我其实没什么可抱怨的，因为她对我并没有提出过多的要求，仅仅是个沉默寡言的老妇人而已。我几乎能想象得出她给莱因哈德做饭的场景，即使他回家晚了，她也比我更有耐心地等在那里。即便是看到自己亲手织的窗帘，因为长久没有清洗而变得灰扑扑的时候，她也只会说一句"哎呀，要死了"，然后又继续忙活起来。

下午的时候，我想给朋友们打个电话。露西和高福利特此刻应该带着四个孩子还在度假，我是知道的。塞尔维亚不在家，是科琳娜接的电话，她的声音听上去有些委屈，带着鼻音："我妈妈去马厩里受罪去了，有什么事需要我转告的吗？"

"不了，我回头再打给她。"我说着，忽然有种奇怪的感觉，不自觉又拨了比尔斯特的电话。我本想在听到她的声音之后就立刻挂断，但电话被转到了答录机上。几段音乐之后，传出一个酷似比尔斯特的声音："我们九月初在度假的房子里。"这简直是告诉小偷可以光明正大上门。比尔斯特的丈夫经常出远门，他们应当很清楚这一点。

可他们什么时候去度假的呢？我拉开莱因哈德的书桌抽屉，里面放着整整十盘录满的磁带，正在等待一个勤劳的女秘书。我不禁想，要是我的婆婆会打字该有多好！或许现在我又得重新听莱因哈德那些熟悉的唠叨了。尽管如此，我内心还是一阵轻松。

我真的是长了个笨羊脑袋，我一直以为莱因哈德和比尔斯特在私自幽会，结果整个假期都被这种想法搞得十分恼火。却没想过其实他也和我一样，这三个星期并不十分情愿地保持着忠诚。

但我总觉得有什么地方不对劲。那晚我为什么会对莱因哈德的拥抱起了过敏反应？浴室里没有新买的剃须水，地下室里也没有未经鉴定的皂粉，花瓶里没有外来的花朵。我拿着他的枕头嗅了嗅，忍不住又打起了喷嚏，但这次很快就止住了，毕竟我已经帮他换了新的枕套。今晚应该不会出什么意外了吧，如果莱因哈德想要睡到我这半边床上来，如果他……

那之后，我在信箱里看到一个大信封，上面写着清秀的小字。那一瞬间我立刻想到了伊穆克，后来才发现，这是吕迪格寄来的照片。他这些照片明显比艾伦拍的要好，而且他应当是贴心地考虑到他人小小的虚荣心，所以把不清晰的照片都挑了出去。我要不要把这些照片拿给莱因哈德看呢？让他看看自己的家人在海滩上有多漂亮，被阳光晒得健康黝黑。转念一想，我决定最好还是不给他看了。为了防止孩子们坏事，我迅速把信封藏在了床垫下面。

一般情况下，我烫衣服的时候习惯开着收音机，或是把熨烫垫拉到客厅里，打开电视机。但这次我有了新的想法，我把度假时所画的画用大头针钉在墙纸上，一边熨烫衣服，一边看着我那幅画。我尤其喜欢用羽毛笔画画，再用水彩上色，比之前画的所有玻璃画都要真实得多。大自然给我提供了许多取之不尽的资源和道具，那些东西看上去不起眼，却可以通过绘画鲜活起来，拥有无穷的生命力。即使这些东西后来被丢弃或是破坏，但它们依然能够代代相传下去，讲述着今天的故事。

我把衣服烫好之后，去拿了一个灰色陶制的黄瓜钵子，在它周围画了一圈蓝色的花纹线作为镶边。一旁的灯光照在上面，投射出一片阴影和光圈，人们可以用羽毛笔把最细微的光影变化表现出来，让这个钵子的形状变得丰满且富有光泽。这是个不错的主题，我想着，可以让静物写生变得更饱满全面。我拿来一块蓝色方格的桌布铺在下面，把三个木勺子放在钵子里，再配上一把薰衣草和一把李子，这些花和果子几乎是我这幅厨房写生画中最亮眼的配件了。我不断调整这些物品的位置，花了相当长的时间才摆放完毕，可还没等我开始画画，孩子们已经饿着肚子跑进来了。

晚上，当莱因哈德走进厨房的时候，拉拉吓得大叫一声。我循声望去，只见他左臂上缠着绷带吊在脖子上，我的脸色登时煞白，问道："你怎么了？从脚手架上掉下去了吗？"自从和他结婚，我时不时就会想到脚手架这种东西。

莱因哈德轻声笑着，答道："不，是从马背上。塞尔维亚劝我骑马，她说那是匹和绵羊一样温驯的马。结果我刚坐上马背，那匹讨厌的畜生忽然就跑了起来。"

"爸爸，我们以为你是在工作呢！"尤思特也兴致勃勃地加入了我们。

"没错，但为了设计出更合适和更高质量的马厩，我们不得不跟马儿也打交道。"

"你一只手还能开车吗？"我有些担心地问道。

"没有骨折。"莱因哈德安慰道。他表示塞尔维亚当即就把他送到了医院照 X 光，医生表示过个几天就能拆掉绷带，短短的一段路开车不是问题，他又没有变成残废。

但左臂受伤，他做很多事情还是受了很大的限制。晚餐的时候，我替莱因哈德把肉切好，把面包涂好黄油之后给他。之后，尤思特扶他去浴室洗澡，小心翼翼避免打湿了绷带。我听到他在浴室对莱因哈德说："爸爸，我们度假的时候也骑过马，但幸运的是没有摔下来。"

拉拉把莱因哈德脏了的牛仔裤和沾了血的衬衫递给我，我立刻剧烈地打起了喷嚏，并迅速把它们塞进了洗衣机。

塞尔维亚打来了电话，声音听上去有些不安："很抱歉，都是我的错。我刚才劝他去上骑马课……"

我从没听莱因哈德提过这些事情。

"莱因哈德的网球打得太棒了！"塞尔维亚说，"人们看到他的身手，就会推测他对别的体育项目也很感兴趣。我们骑马协会里有很多有钱的会员，他们肯定会请他替自己建造各式各样的马厩。你兴许会喜欢……"

"塞尔维亚，亲爱的，你不是不知道，我进马厩根本待不了几分钟。不过我今天算是明白为什么昨天我会对莱因哈德起那么大的过敏反应。"

"真是抱歉。"塞尔维亚今天的道歉似乎有点太多了。

"不是你的错。"我说，"这事谁也预料不到，都是成年人了，应该要顾好自己。"话虽如此，我却在这方面一点把握都没有。

当晚，我听到莱因哈德发出了些许呻吟，肯定是伤口让他不太舒服。活该！我想着，谁让他那么大胆子，去骑一匹陌生的马呢！

第二天一早，莱因哈德让我把早饭端到床上，他觉得这样十分舒服，索性不愿起床了。"昨天一晚上都没睡好，"他说，"对不起，安妮，你如果出门买东西的话，帮我把文件从办公室带回来吧！我必须查一下各个手工业的发展状况，这些事在家也一样可以做。"我欣然答应，正巧还可以借此机会检查一下他的办公室。

那颗玻璃球还摆在书桌上，它似乎无法引起什么小型的火灾。比尔斯特那本相册已经不知去向，黑色的皮沙发上也没有遗忘在角落缝隙的发卡。

我很快便找到了莱因哈德需要的文件，下面还压着一张发票，不是给他的客户，而是给他自己的发票：比尔斯特所要求的按小时计算的报酬太高，我们根本承担不起。我不禁有些恼火，不过，莱因哈德也算是清清楚楚看见了这个数字，我之前都是无偿替他工作的。或许他已经因为过高的工资而辞退了比尔斯特，现在正在找机会让我重新拾起这份秘书的工作。看来，我要对那幅厨房写生画说再见了。如果他之后还要继续学习骑马，那这笔费用要远远高于网球俱乐部的花费。最近塞尔维亚时常提起游艇，又引起了他更大的兴趣，但这些都不适合我这位朴实的丈夫，他向来看不上那些新潮时髦的东西。莱因哈德出身于一个作风简朴的家庭，在我们的婚宴上，他甚至不知道怎么吃芦笋。

晚上，塞尔维亚和伍德带着一束花、一瓶香槟酒和几本打发时间的床上读物来看莱因哈德。而那位伤员此刻正穿着拖鞋，披着睡衣坐在电视机前看足球比赛。伍德不住地替自己不省心的妻子道歉，说毕竟是她强迫我可怜的丈夫去骑马的。我到厨房去拿香槟酒杯时，伍德也跟了过来。"如果塞尔维亚和莱因哈德能在马厩里寻欢作乐，"他说，"那我们也可以……"

我立刻打断了他，我不需要这种含沙射影的暗示。"那当然，伍德。"我说，"如果真是这样，我们可以约会，毕竟那么多人都有着交换伴侣的经验。"

伍德惊讶地看着我，然后露出一个勉强的微笑。

　　当晚，我做了一个终生难忘的梦，且再次梦到了浴缸。在梦中，莱因哈德和我带着孩子们到塞尔维亚家聚会吃烧烤，一开始，大家各自分工，伍德在给香肠和羊排涂黄油，塞尔维亚懒洋洋地躺在躺椅上，莱因哈德在一旁给烧烤炉扇风，好让木炭更快地烧起来，孩子们则在周围和天竺鼠玩。我在花园四下转悠着，走进一个灌木丛，看向小木屋中的工具器具，脚下却忽然一空，掉进了一个灌满污水的泥坑中。

　　我身上那件漂亮的浅色夏装彻底毁了，哪怕十里开外也能闻到刺鼻的臭味。所有人都在嘲笑我，没人施以同情。"快，快去浴室洗洗！"莱因哈德冲我喊道。我急忙冲向浴室，里面一片阳光灿烂。

　　终于，我感到周身重新变得干净清爽，便换上塞尔维亚的丝绸浴衣，重新回到花园里。忽然，塞尔维亚问道："你把浴缸清洗过了吗？"我看着她，眼中一片茫然，我清洗了吗？于是我们一起返回浴室，只见一个极其肮脏的浴缸出现在我眼前，那是我所见过的最不堪的浴缸。

第十四章 情欲

与梦中的情景相反，第二天是周日，我过得十分开心。晚上，我和莱因哈德在经过这么久的分床之后，终于有了一场痛快的欢爱，而且没有扫兴的过敏反应。我承认，这次完全是由我主动挑起的。并非出于对他谅解的爱意，而是发自本能的欲望驱使。我在度假前和度假期间，甚至于度假回来后，憋闷的欲望都未能得到纾解，于是忽然之间，我再也忍受不住了。尽管一夜的欢爱并不能弥补这几个星期以来的缺失，但毕竟这是我们之间关系正常化的开始。我十分希望早晨起床的时候能再重温一次。然而当我醒来的时候，莱因哈德已经起床了，正在和孩子们玩最新的一个拿手游戏。他的手臂已经可以自如活动了，但脾气却还是那副样子。

最近几天，我总能看到他慌慌张张的模样，以为是他因为缺乏必要的度假放松，才变得这么神经质。

我嘴里唠叨着，却什么办法也没有，只能选择忍受我的丈夫。我不禁又想起了艾伦给我的忠告，如果我的婚姻状况无法得到改善，那么我只能选择离婚。可我当真有充分的理由这么做吗？我该如何带着孩子们生活？拉拉和尤思特会非常难过，我刚才还听到他们在开心地嘲笑自己的父亲。但这样一来，我就必须在这座狭窄的鸟笼子里寂寞地度过余生。其实我和莱因哈德之间的隔阂起源于我，我承认自己过于敏感，且嫉妒心极强，他呢，则是个普通的男人，有很大的虚荣心，也很敏感。尽管伊穆克的事让我始终无法释怀，但这也恰巧说明莱因哈德对于仰慕十分受用。或许我也该学着对他多一些恭维和仰慕。

十七世纪初，一些专业的画作评论家都指出，突显前景的厨房写生画充满了情欲和饥渴。画家耶利米·凡·荣赫的这幅画也是如此：饭店的厨房案板上，摆满了琳琅满目的食材，后面则是一个像我家厨房一样的传菜窗。透过小窗向外面看去，有三个男士正坐在那里下棋，借以打发等上菜的时间。但很显然，画家对厨房间的事更感兴趣，里面摆满了各式各样的肉，有被拔了毛的鸡、呈粉红色的羊腿，还有站在桌边的女厨师。她的皮肤白里透红，左手拉着勉强遮住胸口的花边衬衫，胸前的弧度风情万种。她的右手挡在纠缠的男人前面，似乎未曾用力，也不够坚决，目光甚至还落在了男人手里的金币上，看来，这个追求者已经在这场游戏中十拿九稳了。

这对男女显然即将跌落到偷情的深渊里，但真正露骨的却是那只被拔了毛的母鸡。母鸡朝天躺在那里，两只腿向上翘着，毫无遮拦地露出被撕开的臀部。旁边有一个小男孩，在偷拿一个红苹果，形象地暗示了伊甸园的故事。而其他的蔬菜诸如甘蓝、红萝卜，在这幅场景下也都带了一丝情色的色彩。只有躺在最外端一个外形简单的木盆中的鱼，向观众暗示着一丝丝清心寡欲。

我那晚是不是也和这个女厨师一样？或是像这只母鸡，又或是这个偷拿苹果的小偷一样荒淫不堪呢？不过，我的这种行为毕竟是和我的丈夫名正言顺进行的，即便是清教徒时代的道德审判也不能把我的行为算作罪不可恕。

周日刚吃完午饭，电话就响了。"不用管它。"我说，"肯定是艾伦，要不就是我母亲，过会儿我再回给她们。"

莱因哈德却站起身来，有些不高兴地问道："万一我的办公室着火了怎么办？"他走到电话机旁边，看了一眼又冲我招手道："是塞尔维亚。"他说着，却还站在可以听到声音的地方。

"这儿的天气太糟了，你们那边怎么样？"塞尔维亚在电话里说道，"我昨天才到雷特，现在在我母亲这里。但是我糊里糊涂地把眼镜忘在家里了，科琳娜和诺拉一致认为，我是因为吃肉才这么健忘的。但说实在的，她们也没好到哪儿去，两个人都把牙套忘在了家里。"

我对此连连表示同情，因为我并不知道她已经开始戴眼镜了。

"毕竟我的年纪比你大。"她有点傲慢地说道，"不过假如给我一匹马，我根本不会想到眼镜。话又说回来，你能不能帮我个忙？"

"什么事？"我含糊地应着，准备浇花。

"我一上午都在给伍德打电话，昨天我也给他留了言，让他回个电话给我，但到现在都没有一个电话能接通。我不清楚是不是电话机坏掉了，伍德明天要出差，而且他得先把东西提前给我寄过来。"

我答应今天替她到家里去看看怎么回事，并把这件事转告伍德。眼镜大概搁在她的床头柜上，或者在客厅落地灯下的电视节目单旁边，牙套则是在……

"可是万一伍德不在家怎么办？"

"你知道钥匙藏在哪里的呀！"塞尔维亚命令似的说道，"如果伍德不开门，你就直接冲进去找眼镜！要是他喝醉了还没睡醒，你就直接把他推醒！"

我放下电话，有些扫兴地重新坐回到桌边，莱因哈德有些不解地看着我，于是我把整件事向他讲述了一番。

"这真是强人所难。"他说道。

"也不能这么说，她在雷特只能读书，没有别的事可做。不过，我想让你和我一起去。"

我并不想一个人去那个醉醺醺的情圣床前，我甚至怀疑塞尔维亚其实是想让我去看看伍德到底在做什么。而且，她一定预料到把眼镜和牙套打包去邮局寄给她的人会是我，伍德明天就要出差，他怎么可能有时间做这些事呢？

当我们开车过去的时候，我状似不经意地问道："你怎么会想起办公室起火这种荒唐事呢？"

莱因哈德一边打开收音机，一边说："别提了，这件事我还没跟你说起过。你们去度假的时候，这里差点出了大事故。戈尔松把那个玻璃球放在窗台上，你也知道，那东西就像是个聚光镜一样，被太阳一照，差点把我一些重要的文件烧掉。幸亏后来天气变了，只烧出了几个洞。"

伍德的车子还停在房子前面，我上前按了按门铃，没有人应答。塞尔维亚说的没错，的确有什么地方不对劲。去年夏天，他们外出度假的时候，我就定时来替她给天竺葵浇水。和那时候一样，钥匙仍放在一棵棕榈树的盆里。莱因哈德觉得那并不是个很好的地方，一个经验丰富的小偷十分清楚大多数人家的钥匙都藏在石头或者门垫下面，但花盆也不是什么想不到的稀罕地方。

我们开门走了进去，莱因哈德大声喊道："喂！伍德！"但里面无人回应。

"我已经可以肯定，我得帮她把眼镜寄过去了。"我叹了口气，开始四下寻找起来。塞尔维亚是怎么交代的呢？放在哪里？我把客厅、厨房、餐厅、客用卫生间一一找了一遍，莱因哈德跟着我走到楼上，我忽然有种不太自在的感觉，仿佛自己是个小偷一样。如果这个时候伍德忽然回来了，该怎么办？

他们两个女儿的牙套在浴室里，我抽出一张纸巾把它们包起来，颇为不情愿地装进手提包里。孩子们的房间果然乱成一团，塞尔维亚应当不会把眼镜放在这里的，我们最后走进了他们的卧室。

一进门就看到伍德安静地躺在床上，我低声对莱因哈德说："我们要不然走吧，给他留一张纸条就可以了。"

莱因哈德默许了，他走到窗前，把窗帘拉开。刺眼的阳光直射进来，照在伍德紧闭的双眼上，可他好像并没有醒来的迹象。我忍不住伸手摸了摸他的额头，却只感到一阵冰凉的触感，我内心一阵恶寒，忍不住叫了起来。我还从来没有碰过死人。

庆幸的是，莱因哈德也过来摸了摸他已经发硬的脚，然后向我要了一个化妆用的小镜子。他把镜子放在伍德的鼻孔下面，他还是从一些刑侦片中学到的这个鉴定死者是否还有呼吸的方法。

"我们该怎么办？"我问。

"据我所知，他心脏不好，"莱因哈德说，"你看，他的床头柜就跟一个药箱子差不多。"

此时此刻，更想吞下那些缓解心跳的药的人是我，我觉得自己已经快要疯了。天知道几天前，这个男人还在试图说服我和他幽会。

"我们得给他的家庭医生打个电话。"莱因哈德说，"你知不知道他的医生是谁？"

我当然知道，我们两家的医生是同一位。床边就是电话，莱因哈德拨打着电话，我则屏住呼吸坐在那张唯一的沙发上，上面堆着伍德的衣服。那张双人床在我面前，就好像是剧院的戏台一样，也不知在这里究竟上演了多少出戏了。我在塞尔维亚的床头看到了眼镜，此外还有几本小说、耳环、手帕和一小袋薰衣草。我又不甚情愿地瞄了一眼伍德的床头柜，上面放着一些专业书、喷雾器、滴剂、软膏、一瓶葡萄柚汁、咖啡勺、止咳糖、闹钟、耳塞，还有一个小小的收音机，仿佛是一幅特殊的静物写生。床单上放着一份日报，还有一些所谓的专门给男人们看的杂志，摊开扔在那里。我对上面印着的姑娘们不感兴趣，伍德大概是在看杂志的时候忽然心脏病发作的。虽然此时此刻有些不合时宜，但看着看着，我忽然想起了我的素描本。

"走吧，我们下楼等医生过来。"莱因哈德说着，他的脸色也是一片惨白，就如同一个死人一般。

我下楼的时候问："我们是不是应该先给塞尔维亚打个电话？"

"一样一样来吧。"莱因哈德说，开始在客厅里寻找白兰地，"另外，能在周日找到医生，已经算是很幸运了。或者医生会通知塞尔维亚这个噩耗，毕竟这种事他比我们有经验。"

我却不赞同这一点，我觉得塞尔维亚有权利从我们口中得知这个不幸的消息。但当我终于下定决心拿起电话时，又犹豫了起来。我对莱因哈德哀求道："可我该怎么开口呢？你是不是会比我做得更好一些？毕竟你更具有这种社交才能！"最后一句话显然是我顺口瞎说的，但莱因哈德显然当真了，开开心心地掉进了这个奉承的圈套里。

"虽然我不喜欢做这种事，但为了你的话……"他说道。

莱因哈德拨通了塞尔维亚在雷特的电话，我按了免提，也在一旁听着。电话是塞尔维亚接的，莱因哈德有些磕磕巴巴地说道："是这样的，安妮和我刚到你家，但是有件事，我必须得告诉你……"

但塞尔维亚已经开始啰唆起来："太谢谢你们了，你们真是值得信任的好朋友，你们是在哪里找到眼镜的？"

"听着，塞尔维亚，你先坐好听我说，我们发现，伍德死在了床上。"莱因哈德几乎是大喘着气说出这句话的，对于这种噩耗，他也有些难以说出口。

但塞尔维亚并没有听明白。"在床上？不对啊，我应该放在了床头柜上。"她说着，又问道："你刚才说什么？"

我把电话拿过来，请她务必先把孩子们放在母亲那里，然后不要开车，而是坐火车赶回来。

"不，"她回答说，"我在家里需要用车。我马上赶回去，医生到了吗？你们先把大门打开，这样他就能直接把车开到门口。"

我悄悄嘱咐莱因哈德好好安慰塞尔维亚，然后把电话又递回给他，自己则快步走到大门口去。

当我们重新坐回到客厅时，莱因哈德忽然有了个新主意："我得上去把他床上那些杂志丢掉！"

我不由得有点难为情，因为我着实低估了莱因哈德的礼貌意识。

鲍埃尔大夫很快便赶了过来，跟我们握了握手便到楼上去了。

五分钟后，他又走了下来，从随身携带的猪皮包里掏出一张表格，说："我来开死亡证明。"他似乎是思考了一下才在表格上填写起来。我们看到诊断证明上写着：房颤，心率受阻。

"他还这么年轻。"大夫惋惜地说道，"虽然他经常在奇怪的时间点打电话给我，说自己身体不舒服，但一次也没来我的诊室做心电图检查。这是成功人士的典型案例，他们压力太大了，并且对身体发出的警告信号不当回事。经常是全家出去度假，父亲却独自留在家中，继续工作。"

我不由得担心地看了一眼莱因哈德，他显然也很需要休假。

"造成心律不齐的原因还不清楚。"鲍埃尔大夫显然还在思考，"或许应该做一个尸体解剖，但这个要求必须得由他的妻子提出了。"说完，他就匆匆地告辞了。

"我们也该回去了。"我说，"孩子们还在家里等着呢！"

我一边煮着咖啡，一边想着塞尔维亚。她的表现冷静得出奇，可遇到这种事情，也没有规定一定要有一个标准的反应。反正换成是我，我是肯定会有十分激烈的反应的。

电话响起的时候，我第一个反应就是塞尔维亚遇到了严重的车祸，现在被送到了医院里。但莱因哈德接起电话，嘴里却丝毫不提关于伍德的死的字眼，相反，他语气十分激动："这个行业在欧元市场竞争力很强，现在德国一共有九千万个建筑师，十年后又会多出三四万人出来。"

他这是在和谁讲话？

"砂岩水槽？我可以弄到，米亚。"他最后这样说道。

"莱因哈德。"我一边给他倒了一杯咖啡，一边说道，"我们犯了个错，应该从一开始就把伍德送到殡仪馆，毕竟塞尔维亚带着孩子，谁也无法预料她的反应……"

莱因哈德认为我多虑了。"你一开始不也以为他只是睡着了吗？"

他说道，"其实那个场景看上去也很平静，大多数家属都喜欢平平静静和死者告别，在家中总比在殡仪馆要好。"

这时尤思特跑了进来，叫道："爸爸！卡尔有了一个耳环！我也想要！"

"想都别想！"莱因哈德生气地说道，"这不是男孩子应该喜欢的东西！"

我从孩子们口中得知露西已经度假回来了，急忙给她打了个电话，把这件事告诉她。

露西显然很激动。"我马上过去！"她说。

十分钟后，她就赶到我们家了，一进门便说道："一想到半夜时候，塞尔维亚领着哭哭啼啼的女儿走进家门，跌跌撞撞走上楼梯，还被迫要睡在死者身旁，我就几乎忍不住要哭出来了。"

我请求莱因哈德赶紧给殡仪馆打个电话，让他们马上来把尸体运走。但电话拨过去却只有电话录音，现在是周日晚上，那里并没有人。

"我们是她的好朋友，"露西说道，"如果她需要我们，我们一定会到场。高福利特很会安慰人，我就觉得他应该等在塞尔维亚家里。其实如果不是因为要照顾孩子们，我是很愿意做这件事的。"

莱因哈德似乎想表现出多一些的善意，他大方地开口道："这件事情就交给我们吧！安妮留在家里，她恐怕受不了这些刺激。"

我暗自松了一口气。将近夜里十一点的时候，莱因哈德和露西一同离开了。我虽然累得要死，但仍没有去睡觉，脑中兴奋的神经一刻也停不下来。我四处走动着，做着琐碎的家务事。在厨房里东忙西忙，收拾出整整一大袋垃圾。我把垃圾拖到马路上，打开外面的灯，莱因哈德应当回来得很晚，不能让他摸着黑进屋。这时，我看到垃圾桶里扔了一本杂志，这不应当是属于这个桶的垃圾，因为我一向把玻璃、废纸、生物垃圾和不可回收的脏污垃圾严格分开的。我心情颇为欢乐地将那本属于伍德的男性杂志拿出来，很显然，这是莱因哈德慌忙中扔在这里的。我的丈夫太过封建正经，他根本不曾看过这种没什么实际害处的色情图画。

杂志下面有一个瓶子，应该是被人丢进这里来的。我小心翼翼地把它拎出来，然而，我从来不曾买过这样的葡萄柚汁啊。难道这是放在伍德床头柜上的葡萄柚汁瓶子吗？到底发生了什么事呢？莱因哈德也太过离谱了点，他应当是不想让塞尔维亚想起伍德半夜喝水的咕噜咕噜声，先前她和我们抱怨过一次的。我把空瓶子拿进地下室，归到玻璃垃圾里面，顺便把杂志也拿进了屋。为什么那些看上去西装革履、一本正经的四十来岁男人会看这样的杂志？我翻开来，才发现这上面不仅有情色的图画，还有摩托艇、三星级宾馆、时事、男装、股市，等等。

之后，我又把地图找了出来，想看看雷特到底在哪里，路程到底有多远。算算时间，塞尔维亚应当早就到家了，为了安慰一个悲伤的丧夫女人，人们要花上多久的时间呢？莱因哈德到底什么时候才回来呢？我试着打了电话过去，但无论是他还是塞尔维亚，又或是她的两个女儿，没有一个人接电话。

我渐渐对莱因哈德的这种安慰行为感到有些不满了，而且，塞尔维亚的两个女儿一定会抱着她们的母亲号啕大哭，这样一来，莱因哈德就无法……我打消了这种疑心重重的顾虑，又拨了第二通电话，还是没有人接。他们会在哪里呢？是在客厅里，还是在伍德死去的那张床上？我忽然对露西的行为十分恼怒，尽管她口口声声说自己应当在塞尔维亚困难的时候给予帮助，却又完美地把自己置身事外。

当天快亮的时候，我再也坐不住了。我拿上汽车钥匙，穿好鞋，拎着手提包，立刻出发去塞尔维亚家，打算接替莱因哈德。而且得给他点压力，让他赶紧回家，他几个小时后就有个会议，必须去休息一会儿。

第十五章 苦杏

黎明的时候，我已经在路上了，街上连个人影都没有。我有些小小的激动，甚至于忘掉了昨晚由于兴奋过头引起的睡眠不足，而且不知为何，我内心十分轻松，为自己依然活在这个世界上而高兴。

公交车站旁边站了个孤独的人影，我靠近后才发现，原来是伊穆克。她总算被人从精神病院里面放出来了，真是谢天谢地！不过从她这么早就在等公交车这一点来看，她应当又回到医院去上班了，此时是去上早班。但愿她已经不再对莱因哈德存有幻想了，毕竟他应当是她发病的原因之一。

塞尔维亚家所在的那条街正在整修，路面被挖开了。我费劲地把车开上靠近施工处的人行道旁，然后停在了距离她家不远的一个小型停车场内。我下车又走了十多米，看到伍德、塞尔维亚和莱因哈德的车都停在大门外。她家的花园被修剪得十分完美，这都是出自伍德的手。可将来又轮到谁去听塞尔维亚的使唤呢？忽然，我听到房子那边有人在说我的名字，我立刻躲到了一丛杜鹃花后面。

塞尔维亚和莱因哈德似乎正在门口道别，我听到塞尔维亚生气地说道："你还让我重复几次啊！就是因为他经常和她鬼混在一起，所以才把自己的身体搞垮的！"

但莱因哈德似乎不太相信她的话，说："我想象不出这种事情，安妮虽然有时候比较难搞，而且妒忌心太过强烈，可她对我的感情还是很专一的。好了，我现在真的要回去了，不然回家又是一场灾难。"

他抱了抱她，又说："都会好起来的。"

我感到一阵恶心，我一向信任塞尔维亚，她不但和我是远亲，还是很好的朋友，此时却在我丈夫面前诋毁我。她究竟哪根筋不对了？我像是一只丧家之犬一样折返回去，得好好思考一下，现在并不是去和塞尔维亚理论这件事的好时机。我重新钻进车里，静静等着。这条路是单行道，所以莱因哈德并不会看到我的车。当我听到他发动车子的声音后，又停了五分钟，才开车回家。到家后，我轻轻推开门，莱因哈德站在过道上，他如同见鬼一样看着我，声音有些沙哑地问："你去哪儿了？"

"我本来想去接你的班，但刚才看到你的后车灯亮着。"

莱因哈德看了看表，说："你压根没有睡吗？我还特意去当陪夜，真是无聊，我现在得去睡一个小时，你也该去睡了。"

尤思特穿着睡衣忽然出现在我们面前，睡眼惺忪地问："是不是学校里有什么事？"

"宝贝，还要再过一周呢！"我说。

莱因哈德则直接冲他说道："笨蛋，赶紧回床上去！"

尽管我心里十分奇怪，但还是很快就睡着了。

然后我做了一个噩梦，梦到伊穆克带着一个炸弹找上门来，她站在房门外，手里的炸弹看上去就像是一个钢铁铸成的女人。

这天早晨，我们全都睡过了头。莱因哈德连胡子都来不及刮，早饭也没吃便出门了。为了能够及时跟潜在的客户准时会面，也为了防止像今天这样的情形发生，他在办公室的书桌抽屉里还备了一个剃须刀。趁他穿裤子的时候，我一边给他准备小面包，一边问道："孩子们有什么反应？"

"谁家的孩子？"他有些心不在焉。

"科琳娜和诺拉，她们受到的打击大吗？"

我听说塞尔维亚宁愿让两个女儿待在她们的外祖母家。

一直忙到很晚，我才算是坐下来和孩子们一起吃早餐，拉拉有些害怕地问我："死掉的伍德是什么样子的？"

尤思特听了把手里的画报扔到一边，生怕错过了什么。

"很平静。"我说，"他是在睡梦中死去的。"

尤思特沉思了一会儿，说："艾伦告诉我，男人通常比女人死得早，所以我会比拉拉死得早吗？"

拉拉急忙纠正他说："得再过十年的时间，你才算得上是男人。"

"那我们可以去参加伍德的葬礼吗？"

其实我也不知道。我企图打发他们去游泳，于是开始在手提包里面找零钱，好让他们可以买冰激凌和香肠吃，找着找着，我的手却碰到了那两副牙套。

这时，我听到尤思特有些担忧地说："外祖母说过，头发湿湿的人容易死掉。"

我担心自己待着无聊，干脆起身去采摘今年成熟的欧亚野李子，借以消磨时间。内心却暗自希望这次做出的果酱，能够超越婆婆所做的樱桃酸果酱。

那不勒斯的一位画家曾画过一幅奇妙的秋日写生画，尽管这幅画完成于 1660 年，但它的着色却十分具有现代感。在一张抛光了的木桌上，摆着两只蘑菇、一小筐栗子、熟透了的草莓、一盘甜杏，还有两小块乳酪。和他同时期的画家都喜欢画一些颜色鲜艳的物体，比如花朵和水果。不过就这幅画而言，就带着一丝保守的感觉。占主导地位的颜色是褐色：桌子和杏是浅褐色的，栗子是深色，还闪着光，乳酪垫纸稍稍呈褐色，摆在深色的背景前。小篮子呈本色，旁边是微黄透白的蘑菇、熟透的草莓、灰白的乳酪垫纸，和深褐色形成一组淡然的对比。如果没有陶瓷盘的衬托，那么这个简单的画面就显得有些单调了。而陶瓷盘上涂的那层闪光的蓝灰色釉质，又和这些自然的物件相映成趣。

在这些秋天的果实中，一种魔幻版奇妙的感觉便跃然而起，这种感觉是无法用简单的象征手法来解说的。这到底是什么样的草莓呢？那上面真的是蘑菇吗？那些整齐利落摆放在蓝色瓷盘中的杏，味道究竟是甜还是苦？或许一切都是美好无害的，或许恰恰相反。

我站在一个摇摇晃晃的梯子上，拿着一把耙子用力地敲打着果树的枝干，好把上面那些黄色的果实打下来。但此时此刻，我的思想早就不知道飞到哪里去了。我曾经和伍德有过纠缠不清的往事，怎么会这么巧！可塞尔维亚又怎么会联想到这方面去呢？根据之前的经验，人们很容易就会相信一些荒唐的谎言。我直起身子，去抓一根树枝，却差点从梯子上滑下去。我又想，也许塞尔维亚只是在信口胡言。假如她真的相信我和伍德上过床，那么她怎么可能还会让我到家里去帮她拿眼镜？这不就等同于把我送到她丈夫面前吗？

一些黄蜂围在我周围，嗡嗡叫着，从我手里争夺那些黄色的小李子。昏昏沉沉中，我也不知道把多少被虫叮咬过的果子放进嘴里，它们的味道实在太难吃了，几乎每三个我就会吐出一个来。

可我自己在这儿胡思乱想又有什么用呢？我在心里默默说着，我还得做果酱呢！我这么想着，把果子用水清洗干净，去核之后切成小块，再加入胶冻糖搅拌在一起，之后把它们放进一个大碗里泡上几个小时。

尽管我心神不宁，但手里却一直在忙活，借以打发等待的时间。我挎着一个大大的篮子走进地下室，想找一些装果酱用的空瓶子拿到厨房，先用热水浸泡清洗一番。看到那些玻璃瓶时，我脑中不由自主又想起了伍德的那个葡萄柚汁瓶。我鬼使神差地把那个瓶子拿了出来，凑到嘴边尝试着喝了一口里面的果汁，顿时，我的舌头被刺激得几乎缩了起来，那味道真是苦极了。

难道果汁变质了吗？幸运的是，我那两个成天嚷嚷着口渴的孩子没有看到它。我把这个瓶子重新扔回到葡萄酒箱子里，除了那二十个螺纹瓶之外，我没有更多的力气再搬重物到上面去了。也许伍德是喝了变质带有毒素的果汁才死去的？或者根本是因为喝了毒药？这么说来，如果莱因哈德执意要把这瓶装着可疑液体的瓶子丢到外面去，那么或许他知道这其中的具体原因。我脑子一片混乱，挎着叮当作响的篮子走上楼梯，恍恍惚惚打开炉灶烧热水，心里依旧十分抗拒，我不相信我的丈夫会和那个虚伪的塞尔维亚狼狈为奸。

　　我也不知道自己到底想找什么，只是胡乱翻看着他昨天穿过的衣服。他裤袋里装着他从不离身的卷尺，这足以表明他最近的思想有多么不集中。我在一张用过的纸上看到一串数字，这串数字我十分熟悉，是塞尔维亚母亲的电话号码。书桌的抽屉里放着的那些录音磁带不见了，看样子比尔斯特已经度假回来了。另外，我还发现了一张宾馆的账单，以及一张吕迪格寄给我的照片，可我明明已经把它藏在床垫底下了。看来，莱因哈德和我一样，都喜欢东翻西找。

　　厨房里忽然传出一股焦煳味，带着一阵奇怪的呼啸声，我急忙跑回厨房，炉灶上已是一团混乱。我十分沮丧，且不说把炉灶上这些被烧焦的黏糊糊的糊状物清理干净需要花相当长时间，而且还要清洗这些被弄脏的锅。与其如此，还不如把那些小黄李都留给鸟儿当食物。

　　经过一阵子洗刷和擦拭之后，我只觉得心里一阵反胃，忍不住想要呕吐。当时我为什么没有吐掉那口苦得离谱的果汁呢？现在才想呕吐会不会太迟了？我忽然想起露西之前说过，她经常把手指伸进喉咙处，逼着自己呕吐，以免过量用食。于是我也学着给自己催吐，经过一阵子痛苦的干呕，我终于吐出了一个小黄李子。我感到自己的心脏在剧烈跳动，这是恐惧的表现，还是我真的要完了？我需要立刻去找医生洗胃吗？

　　再准确一点说，这一切是我的幻觉吗？我对自己充满怀疑，质问自己怎么会有这么多不堪的想象。我不住劝自己要冷静，千万不能贸然行事，毕竟就连请来的医生都是我们所熟悉的。我对他绝对信任，而且是他给伍德开出了死亡证明。于是，我决定试着用多年前所学的一些实验知识来做一些测试。我煮了一杯薄荷茶，决定把那个葡萄柚汁瓶里的可疑液体送去化验。但应当送到哪里去呢？而且，目前这个瓶子作为重要的犯罪证据，是不能再落到莱因哈德手里的。

我一连灌了三杯茶，总算冷静下来了，毕竟我只是喝了几滴果汁而已。我决定做一个尝试：尽管真的瓶子已经被我藏起来了，但我决定在明天早餐时拿出一个一模一样的假瓶子出来。

时间还早，拉拉和尤思特应当不会这么快就从游泳池回来。于是我便开车出去购物，超市内几乎空无一人，远远地，我便看到伊穆克正站在蔬果架旁边挑选香蕉。尽管天气已经很暖和了，但她依然穿着长裤，上身穿着件带点白色的 T 恤衫。我当即决定去和她搭句话，于是我推着购物车走到她身边，友好地问："伊穆克，你还好吗？"

"我很好。"她回答道，像之前那样盯着我看了许久。

"你去看医生了吗？"我刚问完这句话就后悔了，我怎么能这么问呢？

然而她只是平静地说道："我还在进行门诊治疗，不过我现在已经可以继续上班了。"说完，她便转过身去称香蕉的重量，我便告辞离开了。

我在超市的货架上顺利找到了相同的葡萄柚汁，正是伍德习惯在夜间喝的饮料。此外，我还买了抹布和洗涤剂，又买了五斤面条、肉末、调味沙司、干酪、两公斤梨，以及给即将开学的孩子们买了二十本作业本。

露西站在我们的房子前，正在对付坐在儿童座椅里的小女儿艾娃，而莫鲁斯则跑到前花园里，伸手去摘地上有毒的毛地黄。露西眼疾手快抓住了他，然后把手里的艾娃递到我手上，说："这里没有别人，我们可以随意一些，我刚才给塞尔维亚打过电话了。"

我们在花园里坐下来，一边照顾孩子一边谈论着。塞尔维亚表示自己既不需要帮助，也不需要什么安慰。伍德的尸体已经在中午被运走了，所需要的一切证件也都办理好了。

和平常一样，露西穿了一件黑色的衬衫和短外套，相比之下，她看上去更像是个寡妇，因为今天塞尔维亚反而穿了件紫色的衬衣。自从上次听到她说的那些污蔑我的话之后，我就不想再跟她有什么接触了。

不过，我这个总是操心过度的朋友却问道："安妮，我们该怎么帮帮她呢？你有什么主意吗？"

"送一个高级的花圈给她？"我嘟囔道。露西吃惊地看着我。我到底怎么了？我看上去简直筋疲力尽。

我很快抓住了她的小女儿艾娃，她却拼命挣扎着想要去肥料堆前找她的哥哥。"哎，露西，我几乎没有睡觉，我大半个晚上都在等莱因哈德，后来我做果酱的时候，又把大半锅黄李子烧煳了。光是清理厨房，我就花了几个小时时间，所以我现在心里也是一团糟。"

露西听完不由得笑了起来，说："有时候生活就是像这样，仿佛魔障了一样。"她说着，忽然跳起来冲向三岁的儿子莫鲁斯，此时他正抓着一把泥土往妹妹头上撒。

"你是如何搞定四个小淘气的？"我问道。

"高福利特把卡尔和盖茨这两个大的带回家了，幸好这两个不算难带。其实艾娃也好带，只有莫鲁斯淘气一些，简直和他的父亲一模一样。"

我小心翼翼地问她，那个孩子的神秘父亲到底是谁？

露西总算是表现出对我的一丝信任，众所周知，她原本出身于迈耶尔家，后来嫁给了史蒂文，因此她的门前一直贴着迈耶尔－史蒂文的双姓纸条。后来，她和史蒂文离婚了，因为她怀了一个叫作戈尔德的男人的孩子，这个孩子就是莫鲁斯。高福利特的全名叫作高福利特·赫尔曼博士，是艾娃的父亲。只可惜，他至今也没有和他先前几个孩子的母亲离婚……"这简直就是一团糨糊！"露西说道，其实她和他们一样，几乎不相上下，"我其实现在还偶尔和史蒂文见面，他早就原谅我了。其实他完全没什么问题，有问题的是我和戈尔德·特里哈珀之间的事。"

我简直不敢相信自己的耳朵，我第一个交往的对象竟然是莫鲁斯的父亲？此时我完全把伍德、塞尔维亚和果汁瓶抛在了脑后，开始和露西一起回忆起了戈尔德。我其实早在她之前就认识戈尔德了，不过他现在怎么样了呢？

"你猜，"露西说，"他的职业是跟药有关的，戈尔德结过两次婚，有两个孩子。也就是，包括莫鲁斯在内，他一共有三个孩子。"

"他现在住在哪里呢？"

"离这里不远，在罗特维西港。他在一家大学的医务室做药剂师，赚了不少钱，却没在莫鲁斯身上花一分钱。"

这可真有趣，我不禁庆幸起来，幸好当时我没有和戈尔德继续纠缠下去。

我把莫鲁斯抱在怀里，开始以一种完全不同的目光打量他。的确，这完全是个缩小版的戈尔德，无论是外表还是性格都如出一辙。"孩子自己知道吗？"我问。

露西摇摇头，说："安妮，他才三岁。而且，我之所以没有嫁给他，也是因为他的姓。莫鲁斯和艾娃现在暂时叫作迈耶尔，如果他们长大之后觉得不满意，那么可以凭自己的意愿或嫁或娶。"

露西把那个淘气鬼从我手里接了过去，紧紧抱在怀里，这让她的小女儿艾娃很是嫉妒。她忽然又带着好奇问我："不过你好像也不是个死忠的妻子，塞尔维亚都这么明显地暗示了……"

我的脸噌地红到耳根。"她都说了什么？"我问，知道自己现在的模样并不像什么无辜的羔羊。

"说伍德和你……"露西刚开口，又停了下来，"我根本想象不出，但塞尔维亚觉得，伍德已经都承认了，所以她才显得不那么悲伤。"露西说完，试探性地看了看我的脸色。

"这种想法太无耻了！"我气愤地说道，"简直胡言乱语，伍德虽然有时候会试图挑逗我，但却没有任何下文。我想，他肯定也不想挨一耳光。"

露西若有所思，不停晃着脑袋，说："也许是伍德在说谎，或者是塞尔维亚说谎。"但是还有第三种可能，那就是我在说谎，但她没有明说，不过从她的表情可以看出，她也在考虑这种可能性。

"应该是塞尔维亚在说谎，伍德只是在骗她。"我思索着，"这太假了，大多数男人都会极力编造谎话来掩盖自己的桃色事件，而不是无中生有刻意表现出来。为什么伍德要有如此愚蠢的举动呢？"

"或许是作为一个男人，"露西说，"他跟塞尔维亚在床上并不和谐，并且她还侮辱了他，出于报复，他告诉她说自己和其他女人没有任何问题。"

这些虽然听上去很合理，但为什么偏偏选择我做这个替罪羊？我请露西不要把今天的谈话告诉任何人，就连莱因哈德也不能告诉。"因为人们听了会立刻相信这是真的，"我说道，"当然，我相信你在塞尔维亚面前，也是为我做了辩护的。"

"那是当然。"露西不咸不淡地说道，"可我又该怎么反驳她呢？她含着眼泪信誓旦旦对我说，伍德对她忏悔了和你的关系。"

说完，我这位朋友把孩子叫过来，一起回家去了。

这整件事听上去十分匪夷所思。在这种情况下，我从柜子里重新把那些绘画工具找出来。我只希望能借此逃避这个被歪曲的事实，逃离那些不忠的男人，摆脱掉虚伪的朋友和难以掌控的过去。

我现在要开始计划中的厨房写生吗？可以想到，全家人不久就会聚集一堂，七嘴八舌地提各式各样的要求。但我仍然打开画夹，开始画伍德的尸体躺在担架上的草图。但我这次根本无法清晰地想起他的模样，仅仅是嘴巴就修改了三次，直到后来才想起来原来他的下巴看上去比较宽。当我开始画他床头的那些果汁瓶、咖啡勺、收音机、喷雾器、滴剂、闹钟、耳塞等的时候，就明显顺手得多了。

我画得入神，冷不防被孩子们吓了一跳。尤思特生气地问道："谁把我放在肥料堆前面的恐龙拿走了？"

我无言以对。

于是他不得不对我做了一番解释，原来，他在肥料堆旁边给他的绿色橡胶小恐龙建了一座原始帝国乐园，这是他最喜欢的东西，但现在全都不见了。

我不由得叹了口气，不用想也知道，这一定是那个小淘气莫鲁斯干的。

第十六章 酒精

我经常会做同一个噩梦，梦到一个小孩子跑过我的车前，但我却无力阻拦他。在现实生活中，我从未开车撞死过任何生物。相反，我前不久还救了一只老鼠。当时路中间蹲着一只猫，看上去十分懒散，安安静静等在那里，丝毫没有回避我越来越近的车的想法。我正想踩下紧急刹车，它忽然纵身一跃，跑向了左边，与此同时，右边也窜出一只很小的动物，那是一只老鼠。我整日都处于十分亢奋的状态，我可以忍受老鼠，但绝对无法忍受猫。

现在的我正处于腹背受敌的状态，既无法相信我的朋友，也无法信任我的丈夫。我把眼下这些人分为老鼠和猫，强盗和受害者两类。伍德虽然属于猎人的行列，但已经悲惨地死去了。我把塞尔维亚和莱因哈德看作是猛兽，把自己看作是他们的猎物，如果我无法自卫，那么下场可想而知。

早餐的时候，我特意把那个刚买来却倒空的葡萄柚汁瓶子放在餐桌上。我百分之百确定，孩子们是不会喝这个果汁的。不过莱因哈德像往常一样，只是把自己藏在报纸后面，并未发现眼前这个诱饵。不过，当他想再来第二杯咖啡的时候，忽然看到了眼前的瓶子，不由得惊恐地问道："这是什么？"

我尽量让声音听上去十分无辜："果汁。"

莱因哈德丢下报纸，说："这倒新鲜了，你从什么时候开始早餐喝果汁的？"

　　我继续让自己看上去只对眼前的蜂蜜感兴趣，我用汤匙把蜂蜜涂在面包上，说："别激动，我没什么钱去买。我只是看到这个瓶子扔在垃圾桶里，垃圾桶还没清理过，所以正好给孩子们补充些维生素……"

　　莱因哈德跳起来，打断我的话："他们喝了吗？"

　　我耸耸肩，把手指上的蜂蜜舔干净。

　　莱因哈德坐不住了，他冲我咆哮道："他们去哪儿了？"

　　"去游泳了。"我说，"还剩几天的假期，他们想要充分利用起来。"

　　莱因哈德把杯子扔掉，抓住我的肩膀摇晃着说："你怎么可以这么不负责任！把垃圾桶里的东西重新放到餐桌上，你想杀死自己的孩子吗！"

　　"你是不是没睡好。"我语气温和地说，"怎么反应这么大，孩子们不喜欢这个果汁，他们觉得太苦了，不过我倒是觉得味道很好。"说完，我拿起瓶子喝了起来。莱因哈德没有阻止我，而是难以置信地看着我，我把喝完的空瓶放在地上，说："可以让我看看报纸吗？"

　　从善良的角度来看，我觉得莱因哈德此刻正遭受着良心的折磨。他不断在厨房里踱着步，并不时用眼角余光看看我，似乎难以做出决定。最终，他有些生气地问道："你为什么把这个瓶子从垃圾桶里捡回来，这也许是邻居……"

　　我打断了他的话："莱因哈德，这是你自己扔到生物垃圾桶里面去的，玻璃是不属于这类垃圾归类的。你该走了，已经要迟到了。"

　　我记得之前在生物课上曾学到过，对于外界施加的侵害，动物都有一种本能的抵御行为。比如鸟妈妈如果看到有猫靠近自己，就会散发出一股难闻的恶臭，它这样的行为，究竟是为了保护自己的孩子，还是只为了让自己处于安全的境地呢？这大概是个难以得到标准答案的问题，所以每当可怜的乌鸦要采取任何行动的时候，总是会先行清理自己的羽毛。莱因哈德此刻也正是如此。他会带我去看医生，然后洗胃吗？可他又怎么敢承认瓶子里的果汁有毒？维护自己的本能和保全家庭的意识在他头脑中的天平两端摇摆不定，他索性站在镜子前面，仔仔细细梳起头发来。等他彻底将羽毛整理好，内心的自我保护本能战胜了其他所有，他并未留下任何警告我的话语便出门了。这就等于默认我们的孩子会看到一个死去的母亲。

我独自一人坐在凌乱的厨房内，抑制不住想要放声大哭。这个男人不但胆小、虚伪、不忠诚，甚至还无情地任我喝下有毒的果汁等死。

当然，如果地下室那个玻璃瓶中的果汁是不含毒药的，那么我的所有推论都将失去依据。不过真相很快就会大白，从现在开始我几乎是如履薄冰，如果要等莱因哈德亲自来向我说明白，那恐怕要等上很久，而这段时间显然是十分危险的。

想要画一只透明的杯子是很难的，更难的是画一个装了一半液体的瓶子。想要完美呈现，背景必须依靠透明的材质和杯中液体对光线的反射。光线透过窗子照射进来，在杯子肚腹般的弧度上产生光影魔术般的折射，这对画家来说，是一个极大的挑战。

在画家克里斯多大·穆纳伊的这幅画上，同时画了三个不同的玻璃杯，好看得令人着迷。一个盛了浅红色葡萄酒的透明玻璃瓶，一个易碎的高脚杯，还有一个装满清水的圆肚水壶。旁边的银盘里装着紫色和黄色的花果，还有一个蓝白相间的瓷盆、一个翻倒在桌上的大铜壶，再加上几朵花，构成了整幅画面。整体的主色调呈现出一股清冷的浅绿色，但玫瑰加上两朵红花却又给人一种不温不火的感觉。

如同其他十七世纪的画家一样，穆纳伊也喜爱画各种物体的写生，如金属和玻璃、花朵和水果、陶瓷和一本牛皮包着的书。但他画得最完美的还是那个装着葡萄酒的玻璃瓶，里面的葡萄酒如红宝石一般闪闪发光。酒精，也意味着真实。液体是那么地容易被加入各种甜味，甚至于将其美化、稀释、造假，以及——毒化。

我怀着万分紧张的心思，向号码查询中心要到了戈尔德·特里哈珀的电话号码。意料之中，是他的妻子接的电话，于是我假装是保险公司的业务员，询问她的丈夫在哪个医疗所工作，之后便开始了计划的第二步：直接给戈尔德打电话。

"太意外了！安妮萝丝，盛开的玫瑰花！没想到已经过去这么多年了！"他开心雀跃地说道，我在电话这端则是一脸抽搐的表情，幸好他看不到。我对他有所求，所以语气也不得不装得十分甜腻。我们暧昧地交谈了一阵子，又互相描述了一番当前的生活，我便将话题引入正题："戈尔德，你能不能帮我做一个液体化验？"

"但是，"他说，"喂，宝贝，听起来你似乎遇到什么麻烦了！"

"这件事必须完全保密，"我说道，"而且有人甚至威胁到了我的生命。"

"那你应该马上报警！"他大声说道，"你不愿跟我说详细情况吗？"

我只能告诉他，因为目前我的所有假设几乎是没有证据的，我并不愿意被人看笑话。而且，我现在的怀疑对象还自以为十分安全，万无一失呢！

"我明白了。"戈尔德说，尽管他似乎并没有理解究竟是怎么回事，但他表示如果我立刻把带有毒药的液体送过去，那明天就可以拿到化验结果。

我当即答应，未假思索便坐进车里准备出发。出发的时候，我似乎听到屋内传出电话铃声，但我并不想理睬，如果是莱因哈德打来的，就让他以为我已经失去意识了吧。

戈尔德很少有空闲的时间，我去的时候他正在忙碌。看到我过来，他放下手边的事，打量了我一番，称赞道："你看上去很漂亮。"尽管我知道我根本没工夫来打扮自己。

"给我吧。"他说着，从我手里把瓶子接了过去，"葡萄柚汁吗？

是个好主意，可以利用它来掩盖苦味。不过你怎么直接就用手拿着过来了？我明天给你打电话，然后我们可以再见个面！"

他此刻或许期待着某种特殊的奖励，我并不担心这些，如果他现在的妻子不知道莫鲁斯的事，那我完全可以用这个孩子来威胁他。回家的路上，我不再是一副丧气的模样，而是仿佛获得了新生。化验、盗窃、偷听、压榨……如果周遭充斥着这些事情，那么生活就会变得狼狈不堪。

拉拉打开门的时候，眼睛红红的。"你们竟然已经回来了？"我问了句蠢话。拉拉大笑起来，表示人总不可能在游泳池里待两个多小时。还问我去了哪里，说爸爸刚才来了电话。

"他说有什么事了吗？"我问。

"也没什么事，"尤思特说，"妈妈，你看，吕迪格和艾伦给你写了信。"他把两封信递给我。

吕迪格在信中问我和孩子们有没有收到之前寄的照片，拉拉和尤思特一脸期待地看着我。我只得说："收到了，但忘记给你们看了。"于是我走进卧室，把藏在床垫下的信封拿出来，将里面的照片递给他们看。

艾伦寄来的信里面附了三张纸币，她写道："这次我没有打电话而是写信给你，因为我觉得你们需要我的帮助，好度过快乐的一天。你们出去找一家好吃的餐厅，别总是在家吃面条，今天出门吃一顿大餐，爱你们的艾伦。"

孩子们觉得这简直太好了，他们缠着我不放，直到我答应带他们出去吃饭。没过多久，我们便坐在了饭店里，两个兴高采烈的孩子和一个怀疑自己丈夫是杀人犯的女人。

"艾伦写信怎么那么好笑？"拉拉问道。

我解释说因为我和艾伦的父亲，也就是他们的外祖父十分喜欢用第二格说话，因此艾伦在言语上显然要比我活泼得多。

"那我也要用第二格说话。"尤思特说道。

于是我开始给他们示例:"这条路通往哪里,年轻的男人?希望一切顺利!艾伦是个中年妇女,是个脸色灰白,心灵却金子一般的女人。她的毅力极强,来,让我们共同享受这顿大餐……"

孩子们一下子听了这么多德语中的第二格,惊讶无比。

其实如果艾伦知道我们去了一家意大利饭店,点了意大利水饺吃,她也会惊讶无比的。"孩子们,"我说,"我们竟然又吃了一顿面食,太好笑了,不过现在我们得回去了,我需要休息一会儿。"

当我们拐到家门口那条街的时候,眼尖的尤思特立刻发现我们的房子前站着一个人。

"她又来了!"尤思特叫道,这时我才认出,那个人影是伊穆克。她看到我们走过来,立刻转身快速消失在我们的视野中。

露西打来了电话,问我:"明天你打算穿什么衣服去参加葬礼?而且具体时间是什么时候?我不喜欢看到那么多的花圈,我订了一束玫瑰花,你们怎么安排的?"

尽管我知道葬礼的时间在下午三点钟,但关于衣着和花束我却从来没想过,我脑中被其他的想法充斥着。"我不穿黑色的衣服,"我说道,"现在这个年代也没有必要穿黑色了,买花的话,交给莱因哈德去办了。"

露西有些惊讶,她没想到我的丈夫会如此关心这件事。我们正聊得起劲,那个被表扬的人走了进来,他回来的时间显然比平时要早得多。莱因哈德怀疑地看了我一眼,但立刻被孩子们缠住了:"爸爸,我们今天去了一家意大利餐厅吃饭!爸爸,你要看我们在伊夏岛的照片吗?"

他们在厨房的餐桌前坐下,而我刚好趁着客厅敞开的门演了一场戏,我大声说道:"露西,你知道吗?我可能压根没办法去参加葬礼,我今天胃里很不舒服。可能是因为带着孩子们去吃了意大利餐的原因，那些面食果然不好消化。先这样吧，我回头再给你打电话。"

说完，我挂上电话，然后到沙发上坐了下来。

我闭上眼睛等待着，希望莱因哈德至少能过来摸一摸我的额头和心跳。当他的手真的触碰到我的时候，我听到他干巴巴地说了句："你身上这么凉。"

我还没来得及抱怨整日的疲惫，以及莱因哈德这种奇怪的反应时，门铃响了起来。

尽管通常是一些孩子，但莱因哈德却急忙起身，匆匆去打开了门。然后我便听到了比尔斯特的声音："我只是来碰运气的，因为没在办公室找到你，但愿你能满意我的工作，那我把账单先放在这里了。"

"请进吧！"莱因哈德说道，"不过只能请你到厨房间坐一坐了，安妮在客厅的沙发上躺着，她心脏不太舒服。"

这太有意思了，我想着，我从未说过关于心脏的话。

先不说其他的问题，单是伊穆克一脸忧伤地站在我们门前这个场景，就难以从我脑海中消失。如果我的母亲看到，就会说："这就像是被人预定好的东西，到时间却发现没人取货一样。"看来她似乎还没有痊愈，还在试图追求虚妄的爱情，尽管在我眼里，她依然只是一只没什么威胁的小老鼠，而不是一只凶悍的野山猫。但话又说回来，我自己不也一样丧失了理智吗？这些年来，我始终都以为自己活在还算顺利的婚姻中，这难道不也是一种妄想吗？

我竖起耳朵仔细聆听，不愿错过厨房里的每一句对话。只听比尔斯特用带着悲哀的腔调说道："真可怕啊，塞尔维亚的丈夫死了。自从上次来她家做客之后，我还没能见他第二次，不过他给我的印象倒是很好。"

"你大概也听说了，"莱因哈德说，"是安妮和我发现他的尸体的，对了，我们明天葬礼上还会见面吗？"

比尔斯特回道："我是这辈子都不会去墓地的，这地方让人心情抑郁。而且，我已经对塞尔维亚表示过哀悼了。她看上去一点也不伤心，根本不像是处于这种境地的女人。"比尔斯特说着，而后结束了谈话。

这番对话让我听了之后很不舒服，既然塞尔维亚对露西和莱因哈德都说了那些关于我和伍德的事，那么她是不是也对比尔斯特说了同样的话呢？尽管她们只有一面之缘。

明天才是真正精彩的一天：戈尔德会通知我化验的结果，而我却必须站在伍德的墓前，被人当作是他的最后一个情人指指点点。或许塞尔维亚已经把这个流言传遍了大半个城市，或许最好的办法就是装病躺在床上度过明天。

比尔斯特离开之后，拉拉问莱因哈德："我可以去参加伍德的葬礼吗？"

"葬礼不是闹着玩的地方！"莱因哈德严厉地说道，这话让我听了之后十分反感。

"为什么她不能一起去？"我忽然插嘴道，几乎忘掉我现在应当是极度虚弱的，"先不说拉拉已经是个大姑娘了，而且她可以去和科琳娜还有诺拉站在一起，给她们点安慰。我觉得拉拉可以代替我去参加葬礼，另外，你订好花圈了吗？"

他一脸惊讶地看着我。

和所有的女人一样，刚满十岁的拉拉脑中也只有一个想法，那就是应该穿什么衣服去呢？她表示科琳娜和诺拉一向都穿得很得体。

"一直得体就是不够得体。"莱因哈德说了一句他母亲的口头禅，然后坐在了电视机前。我则心情十分沉重地回到床上躺着去了。

第二天，快到十一点钟的时候，我接到一个电话，是戈尔德打来的。幸好那时候孩子们都在花园里玩，莱因哈德也已经到办公室去了。戈尔德在电话里带着一种莫名自豪的语气说道："之前大家的担心不是没有道理的，这个葡萄柚汁里面毛地黄药剂的含量相当高，不过，由于葡萄柚汁本身就带有一种苦味，所以完美掩盖了药的苦味，我想，也许是有人把这种液体的药剂拌进果汁的。"

"这种药是给什么样的病人服用的？"我问。

戈尔德告诉我，不同的心脏病都可以使用毛地黄，有的是药片，有的是液体。"毕竟总有那么一些病人，声称自己吞不下去药片。"

后面他的话我几乎没有听清，最后，他劝我立刻去报警。可是，这正是我反复纠结的一个关键。

我隐隐约约记得，医生曾提到过关于尸体解剖的建议，但又表示决定权在死者的遗孀。我几乎可以肯定，塞尔维亚是绝对不会让这种事情发生的。但莱因哈德到底与这件事有什么关联呢？

莱因哈德果真买回来一个花圈，款式非常符合他一直以来的吝啬作风和糟糕的品位。当他换好衣服准备去参加葬礼时，拉拉也换下牛仔裤，穿上她平时并不太喜欢的灰色背带裙。我当即决定，也跟他们一起去。于是我假惺惺地说："如果只有我没去，塞尔维亚一定很不开心。"一边把自己塞进一件十分不显眼的麻袋衣服中。我想去现场观察一番，但并不对任何事发表评论。

莱因哈德心情很不好，因此也迁怒到了我们兴高采烈的女儿身上。一般来说，他通常只用斯瓦本式的昵称，诸如"笨蛋""笨羊"等字眼用在可怜的尤思特身上，但现在，他却忽然把"蠢母鸡"这样的词语用在了拉拉头上。所幸，拉拉并没有感到难过，她所有心思都已经放在了葬礼上面。

从家里到公墓只有短短一段距离，完全没有必要开车，于是我们三人便步行走了过去。莱因哈德扛着那个难看的花圈，大步走在最前面。拉拉则紧紧挽着我，一路上嘴巴就没有停过。

我们在吊唁簿上签了名字，走进了一座小教堂，仪式将会在这里举行。塞尔维亚和她的女儿们，还有一些亲戚坐在第一排。当我们入座时，她不自觉地回过头来看了一眼，并极快地和莱因哈德交换了个眼神。这个眼神应当没有什么别的意味在里面，但我却从中读出了不得了的复杂信息来。

仪式十分常规化，照例是一大段长长的虚伪讲话，我一个字都没听进去。之后，人们围绕着死者的坟墓站着，我在众多前来凭吊的人中看到了伊穆克。她就站在最后面，丝毫不显眼，但行为举止却和我一模一样：她在暗暗观察着塞尔维亚。

拉拉很快就意识到，葬礼恐怕是世界上最无聊的事情了。但由于受到某种规矩和氛围的限制，她没敢和科琳娜还有诺拉说悄悄话。那两个姑娘让拉拉有了一种陌生的成熟感。"妈妈，"她悄悄对我说道，"一会儿结束之后，我不想去吃那些悼念死者的食物。"

"你是听谁说的？"我有些惊讶地问道，"况且我们也没有接到那种用餐的邀请。那些食物是用来招待亲戚的，他们都是特意从很远的地方赶来的，肯定不会让他们饿着肚子再赶回去。"

我们跟着长长的凭吊队伍往前走，大家一个挨一个从塞尔维亚前面走过。我再次看到她用一种特殊的眼神示意我的丈夫，轮到我时，她一面用冰冷的手跟我互相握着，一面把带着仇恨的目光投向别处。这让我自牙根处开始爆发出一种强烈的疼痛来。

第十七章 勿忘我

葬礼结束后，莱因哈德送拉拉和我回家，之后他并未进门，而是转而坐进车里，准备到办公室一趟。拉拉要和他一起，说到苏西家门口就下车，尤思特则早已骑着自行车去找朋友玩了。

我本来可以有充足的时间画画，但目前我脑子根本不够用，无法再分出多余的精力去思考这些。我找出那张画好的草图，那是我特意按照伍德床头柜的摆设画下来的。从画中看上去，那个床头柜的确像是一个药房的杂物柜，不过也仅仅限于一些滴剂、软膏和喷剂，柜上并没有出现药片或者药丸。如果我的记忆没有出错，那这不得不让人起疑。因为这就表示，伍德属于戈尔德所说的那种吞不下药片的少数人行列，最起码他自己是这么觉得的。

我像是一个秘密侦探一般搜寻着蛛丝马迹，好借以推理真相。可是，面对这许多线索，我又该如何着手呢？在这整件事情当中，莱因哈德又扮演了怎么样的角色呢？

艾伦这时来了电话，把我的思绪拉了回来，她似乎知道我的心情不太好，在电话中说："我给你在伊夏画的图配了个镜框，就挂在我的餐具柜最上面，看上去十分漂亮。我有个叫作瓦尔特鲁特的老朋友，看了之后非常喜欢。现在有个好消息要告诉你，我帮你谈下了第一单业务，连合同也帮你弄好了。"

尽管我目前的心思完全不在这上面，但艾伦所说的条件实在太过诱人。她表示，我需要根据一些确定的物品，用羽毛笔来创作出一幅彩色的人物写生图，用来祝贺瓦尔特鲁特六十五岁的生日。

"都有些什么东西呢？"我没精打采地问道。

我这个姐姐有很强的思乡情结，因此她希望可以通过一些物品使人们感受到和女主人的某种联系。她挑选的物品有一个现代风格的相框，相框里是瓦尔特鲁特母亲的照片。一朵勿忘我干花、一个立式钟表、一条带有绿色花纹的围巾、一根拐杖……我很快便对此产生了极大的兴趣，因为艾伦表示愿意支付一千马克作为报酬。

能够自己赚钱，一直是藏在我心底深处的愿望。虽然这看上去不会是长期稳定的业务，但也许会是另一种充实生活的开端。"艾伦，"我感激地说道，"你可能不知道，这个电话对我来说有多重要。我是真的有点经济危机了，不过具体的情况我下次再告诉你吧！"

我们说好，艾伦先把那些东西给我寄过来，之后再告诉我具体的作画要求。

短短一天内，我的情绪简直经历了数次大起大落。然而事情还远远没有结束，当我愉悦地来到前面的花园里，准备采摘几朵还在盛开的勿忘我花制成干花，好为之后的画画做准备时，我看到了伊穆克。

她就站在我们的房子前，与我对视。我无奈地摇了摇头，清清嗓子，说："伊穆克。"但她忽然打断了我："我知道您在想什么。"她的目光飘向我手里的几朵小花上："不过，不是您想的那样，我是有事想要告诉您。"

我将她请进屋内，在餐桌旁坐了下来。

她坐了一会儿，这才有些胆怯地开口说道："是我弄错了，我直到现在才明白，我其实并不爱他，他也不爱我，或许我是真的生病了。"

我友好地点了点头，希望她的状态现在已经稳定了。

"我出院之后，"她说，"然后开始了另一个全新的疗程，现在我每周都要去心理医生那里接受治疗。"

我再度给了她一个理解的微笑，说："伊穆克，我觉得你非常勇敢，而且你也看到了，一切都在往好的方向走。"

伊穆克不由得哭了起来，我坐在她旁边，轻轻抚摸着她的头。伊穆克涕泪交加，抽噎着继续说道："我只想弄清楚他是什么样的人，所以这几个星期以来，我一直在跟踪他。"

我觉得十分好笑，她竟然做出这么荒唐的事情来，这世上大概没有比她更糟糕的女侦探了吧。

"其实我还在休病假，"伊穆克说，"所以空余时间比较多，尤其是您带着孩子去度假的时候。"

我忽然警觉起来，这段时间对我来说是十分重要的，也许会发生一些意想不到的事情。

"一早，他就往森林浴场的方向走去。"她说道，"我猜可能那里有个建筑工地，于是我便骑着自行车一路跟到了俄登瓦尔登，想看看他到底在什么地方工作。结果我意外地发现，他的汽车停在一间破旧的骑马厅前面。"

"这并不是什么新鲜事，"我说道，"莱因哈德正在替骑马俱乐部设计一间新的骑马厅。"

伊穆克没有回应我的话，而是自顾自地继续说下去。

她表示自己骑着自行车在那里转悠了一阵子，由于她外表纯良无害，人们并不会过多地注意到她，甚至还会把她当成是利用假期来骑马的姑娘。

"我看到他们在马厩里接吻。"她说。

谁们？我不由得想着，莱因哈德和到那里骑马的女人吗？

我忽然感到全身的血液都沸腾起来，莱因哈德所牵扯的事情已经够多了，可我依然克制着自己的情绪，说："伊穆克，莱因哈德和塞尔维亚已经认识很多年了，我们见面的时候都会互相亲吻对方的。这并不能说明什么……"

伊穆克却摇了摇头，说："我每天都到那里去，虽然骑马厅的门是关着的，但依然可以通过门缝看到里面的情景。您总不至于觉得，和朋友见面时候礼貌的亲吻，需要把衣服也脱光吧？"

各种猜想从我脑中蹦出来，伊穆克说的是实话吗？她会不会是因为生莱因哈德的气而故意栽赃嫁祸给他呢？或者单纯是因为她讨厌我，所以想让我不好过？况且，从客观角度来说，对于伊穆克的感觉又能有多大的信任度呢？她到底是个可靠的女证人，还是个脑子不清楚的病人呢？我神情严肃地看着她，决定相信她所说的话。

"他们两个说话的时候，你听到了吗？"我问，等伊穆克给予了肯定的答复的时候，我才发现，我无形中对她的态度已经亲切缓和许多。

"塞尔维亚说了许多关于自由的事。"伊穆克说。

"莱因哈德有没有看到过你？"

"大概只有一次。"她说。

一次就已经足够了。我立刻对伊穆克说："如果他看到你在这里，那就糟了。因此我希望你能乖乖的，不要对任何人说起你看到过的事情。不过，如果你又想起什么重要的事情，就马上打电话告诉我，大多数时间，我都是一个人在家。"

伊穆克当即明白了。那两人曾反复强调说："她什么都不知道。"应当说的就是我了。伊穆克告辞的时候告诉我："我现在没办法继续跟踪监视他了，我重新开始在医院工作了。"

我发自内心地拥抱了一下她，待她离开后，我不由得哭了起来。

被我摘下来的三朵勿忘我就躺在餐桌上，似乎在静静地看着我。有多少热恋的人给自己画过这种小小的花朵，或者将它们制成干花，又或是送给别人。许多戒指、奖牌和饰物上，都雕刻着这种小花，它象征了数不清的海誓山盟。

安布罗斯·博斯查特一世的这幅铜版画中，许多美丽的花朵都聚集在一个精美的竹篮中，旁边还画了一些蝴蝶、蜜蜂和蜻蜓，十分活泼。花朵的种类十分丰富，有玫瑰花、丁香花、郁金香、仙客来、铃兰、风信子、三色堇、耧斗菜，白、红、蓝、黄四种颜色交织在一起，组成了一幅春花烂漫、芬芳袭人的美妙画面。不过在画的边缘和背景中，还有几朵小小的勿忘我，白里透蓝的颜色虽然不太显眼，但许多这样的花朵连在一起，作为爱的象征，很容易让人回忆起忠诚和永恒。

这幅精美的图画或许是受人所托而作的，那个时候有许多沉迷植物的收藏家和研究学家，他们总希望自己培育的植物能够长久地保存下去。如果我也依照特别的愿望画这么一幅静物写生图，那也等于是继承了这样一种古老的传统，而且那小小的蓝色花朵在那时候竟是如此现实，就如同今天一样。

勿忘我……我喃喃着，今天人们还把它叫作"别忘记我"。我不由得想起一首古老的民歌，歌词写着"我是如此悲伤，因为有人把我完全地遗忘"，这里又使用了第二格的句式，我想着，把小小的花朵拿在了手中。

勿忘我是送给离婚的女人的花朵，而现在正好适合我，我悲哀地想着。继续以妻子的身份和莱因哈德生活下去，应当是不可能的事了，我需要准备好离婚事宜。

可即便如此，我仍然害怕去找莱因哈德摊牌，甚至于不敢对他说："你和塞尔维亚联合起来背叛我，你甚至还帮她谋杀了伍德。"假如我真的这么说了，他会如何反应呢？或许会全盘否认。但如果他决定继续和塞尔维亚偷情，那这种事情早晚会暴露出来。

我必须拿出证据。虽然伊穆克可以替我做证，但她由于精神上的问题，证词或许根本不会被采纳。为了保存证物，我始终把那瓶装着有毒葡萄柚汁的玻璃瓶藏在地下室。但现在看来，不仅是莱因哈德，就连塞尔维亚都会否认伍德的床头有这个瓶子。我未能抢得先机。现在，我更是难以想象，我还要继续和一个谋杀犯同床共枕、同桌用餐，甚至让他和孩子们玩。

塞尔维亚和莱因哈德竟然在骑马厅那种只有干草和麦秆的地方

偷情，真是出乎我的意料，也让我觉得庸俗透顶。我又想起了脚手架，那是我第一次在性爱方面获得满足的地方。塞尔维亚或许并不挑剔时间地点，无论是麦秆堆旁边、马靴上，还是借助马鞍……无所不用。谁能猜到莱因哈德和他这位情人偷情的细节呢？塞尔维亚的表现是不是极为热情？

她是不是在莱因哈德的怀抱中热情如火，仿若新生，甚至连周遭的干草和麦秆都燃烧起来？我越想越气愤，恨不得立刻再进行一次玻璃球的试验。

据伊穆克所说，他们通常在上午偷情，因为那时候并没有多少人来骑马厅。有时候，塞尔维亚还会特意安排，让她可以在值班的时候单独和莱因哈德待在一起。无论如何，他们都是有机会单独幽会的。如果想要当场捉奸，就必须从外面把门给锁住。可我该怎么做呢？伊穆克说，她只能透过门缝看里面的状况，这就表明那间房子没有窗户，太阳无法直接照射进屋子里。况且莱因哈德一看就知道，到底是谁把玻璃球塞进去的。

孩子们饿着肚子回到家里，我看了看时间，莱因哈德也快要回来了。拉拉说："我今天要住在苏西家里，她爸爸妈妈出门赴宴了，她自己在家里害怕。或者，可以让她来我们家住吗？"

苏西是家里的独生女，胆子非常小。我爽快地同意吃过晚饭后开车送她过去。这其实正合我意，因为今晚我想睡在她的床上。我好不容易把拉拉送走，然后任由尤思特坐在电视机前看恐怖电影。

"如果爸爸回来了，"我交代尤思特，"你跟他说，我身体不舒服，想要自己安静一会儿，所以睡在拉拉的房间。"

尤思特不解地看着我，然后点了点头。相比之下，他更喜欢和电视机做伴。

他特别交代我，如果电影太可怕，而爸爸又还没回来，那他就去找我。

尤思特看恐怖电影的时候，如果遇到恐怖镜头，就会用枕头遮住眼睛，一边揪着我的衣角不放，一边大喊道："快来救我！"

我轻轻摸了摸他的头，就如同下午抚摸伊穆克那样，然后顺着楼梯走上去，进了拉拉的房间，现在也只不过八点钟而已。

拉拉的房间通常一片混乱。我爬上她的床，闻到枕头上一股独独属于孩子的气息。我伸手拧开灯，开始以拉拉的视角观察着周围的一切。小床单独构成了一个小世界，莱因哈德在床脚装了一个架子，上面放着我母亲亲手缝制的四只玩具熊。两只母熊穿着德国南部风格的裙子，拉拉给她们取名叫作巴尔比和尼古拉，两只熊宝宝则分别叫塞皮和肯恩，塞皮还穿着靴子和马裤。我看了一会儿，只觉得头又开始涨痛起来。

还没等我好好梳理一下头脑中混乱的思绪，尤思特已经大叫着冲了进来，纵身跳到我身上，叫道："救命啊！大蒜！"他一边喊着一边依偎在我身边。过了片刻，他忽然又叫道："我是吸血鬼德拉库拉伯爵！我要吸你的血！"甚至还露出了一颗乳牙。过了一会儿，大门处传来响动，尤思特早把我交代给他的任务抛在脑后，从床上跳起来去迎接他的父亲了。

莱因哈德进门后，首先关掉了电视机，我悄悄走到楼梯口，静静听着。这里听不太清楚，尤思特在描述那些人如何穿越丛林，就好像他亲身经历过一般。

"拉拉呢？妈妈在哪里？"莱因哈德问道。

"拉拉去苏西家了，妈妈已经睡了。"尤思特答道。

莱因哈德似乎走进了厨房，准备弄一块面包吃，客厅里重新传出吸血鬼电影的声音。我小心翼翼地关上灯，尽管心里依然充满忧虑，但还是渐渐睡着了，比平时都要早许多。只要一挨床，就能极快地睡着。

当我醒来的时候，一时间竟然忘记了自己在哪里。窗子里有模糊的光线投过来，却不是我所熟悉的方向。我摸索着找到开关，把灯打开。时间是夜里十二点，正是传说中魔鬼出没的时间，我慌忙又把灯关上了。因为如果莱因哈德凑巧还醒着，那他应当以为我还在熟睡。过了几分钟，当我摸黑去上厕所的时候，看到卧室还亮着灯。但更让我不解的是，莱因哈德在里面正压低了声音说话，仿佛此刻屋里不止他一个人。

我凑到门边，听到里面传出他的声音。

"她睡了，已经睡了好几个小时了，你不要担心。"一阵静寂后，他又说，"她病了，唔，可能那种果汁有长期的作用吧。"

如果此刻能听到塞尔维亚的答话该多好啊，但我却什么也听不见，或许她正用极低的声音耳语。莱因哈德又沉默了一阵子，就在我以为他们已经上床的时候，他的声音忽然又传了出来："或许你说得对，目前我相信你说的每句话。但如果事情真的这样发展下去，那她也非常可怜。也许她真的爱上了伍德，不然我没办法解释所发生的一切。"有那么一刻，我几乎以为这是莱因哈德在替我辩护。

一直到天快亮的时候，我才再度睡过去。塞尔维亚能爬上我的床，这已经大大出乎我的意料了。

没过几个小时，我忽然被吵醒了，莱因哈德拉开窗户，怒气冲冲地吼道："你想饿死孩子们吗？"

我莫名其妙地张开眼睛，几秒钟后才反应过来，这是拉拉的房间，我昨晚睡在了她床上。我看了看时间，已经九点了。往常这个时候，莱因哈德早已经去办公室了，不过，或许昨晚他在某些事情上耗费了精力，所以早上的时间自然推迟了。

我机械地从床上爬起来，头发也没梳、牙也没刷就跑进了厨房。其实要说"孩子们"是不准确的，拉拉此刻正在好友家里吃早餐，尤思特坐在桌边，正大口嚼着麦片。"妈妈，"他叫道，"我要去玩轮滑鞋……"说着，他把这件艾伦送来的新礼物夹在腋下跑了出去。

这样一来，早餐便解决了，我钻进浴室，把这里当成是临时的避难所。直到外间传来关门的声音，我才松了口气，重新走了出来。意外的是，这只是莱因哈德做的一个假把戏，当我看到他面目扭曲地站在厨房里时，我想此刻该生气的应当是我。

"你怎么能让他玩那种危险的东西？还在外面跑来跑去！"他说道。

我解释说是因为他的朋友们都这样玩。

"就因为别人这么做，所以也要跟着犯傻吗？"他说，"当然了，既然你那有钱的姐姐买了这么个狗屎玩意儿，那么在我们家自然而然就成了宝贝，你丈夫是绝对比不上她的。"

我决定从此刻起一句话也不说了，因为我无论说什么，他都会想办法把我的嘴堵住。

但莱因哈德显然没想过我会为自己辩护什么，他继续生气地说道："我们最开始认识的时候，我觉得我们会十分般配。可现在你忽然冒出个有钱的姐姐，你有了她的资助，自然不需要我这个既没有钱，又比不上身边那些朋友的人了。"

我立刻把保持沉默这一点抛到了脑后。

"该死的！"我说道，"艾伦并不是百万富翁，说到朋友们，米亚和比尔斯特怎么样？她们够不够资格？能不能和你搭档？"

"我根本不敢邀请之前学校里的朋友来家里吃饭，"他说，"她们看到你这副模样，自保都不暇。我清楚得很，当我和我母亲说起家乡的方言时，你总会偷偷露出嘲讽的笑容。你们永远位于上等阶层，什么都规规矩矩。我母亲只是一个在工厂成年累月工作的女工，就算这样，她依然会把自己做的鸡蛋面疙瘩端上餐桌。"

面对他的控诉，我再度沉默了，打心底有些内疚。若是站在他的立场，他发这么大的火似乎也有一定道理。而且以前为了顾及他的感受，我很少穿花里胡哨的衣服，总是打扮得十分低调普通。

但他似乎并不打算停止，继续说道："在你看来，我就是个不开窍的农民，这你总得承认吧！你觉得我的设计图难看，觉得我们现在的房子落伍了。但我每个月都赚足了给家里的家用，你呢？你一点都不愿意分担家庭的生计，连办公室的工作都不肯接。好吧，你觉得自己是个艺术家，觉得出身高贵，打字配不上你那双手，只有画画才适合你这种高贵人家出身的女儿。你是不是一直以为我只对那些枯燥无味的工作感兴趣？只配建造这种兵营式的房子？"

"我要带两个孩子，还要照料房子和花园，我也很累了。"我抗议道，因为他击中了我的痛处，"人们总要从生活中找些让自己开心的事情。"

"是吗？"莱因哈德说道，"你终于承认了对吗？你在属于自己的家里并不开心！"

我攥紧拳头，好忍住快夺眶而出的眼泪。在劈头盖脸的这些指责中，我想会有机会把离婚事宜慢慢提上日程的。可是，我该如何开始呢？我现在脑中一片混乱。我究竟该从花销昂贵的网球俱乐部，那个他自以为可以借此赚大钱的地方开始，还是从我刚度假回来的那次过敏反应开始呢？很显然，那次之所以我会过敏，是因为他把马毛带进了我们的卧室……

然而，我还没来得及开口，莱因哈德又发现了我放在桌上的勿忘我。可怜的小花已经干枯了，就那么躺在餐桌上。我昨天由于心情几经起落，完全忘记把它们放进一本厚书里压着。

"这是要放在伍德的坟墓前吗？"他讥讽地说道，"真想不到，你这么浪漫！"

当我终于决定好好跟他算一笔账的时候，忽然从莱因哈德的公文包内传出一阵类似鸟儿的叫声。我奇怪地看着他从包里掏出一个手机，这之前，我从未看见他拿过手机。"对，当然了，我马上就到。"他对着手机说道，"因为家里有些事，所以耽误了，抱歉。"他说着，朝大门走去。

我这才恍然大悟，原来昨晚听到的声音是他在和塞尔维亚打电话。

第十八章 软梨

下一步我该怎么办？或许，现在去找塞尔维亚谈谈，比找莱因哈德更能解决问题，我在心里忖度着。所有的男人，尤其是我的丈夫，都刻意对外做出一副不如意的样子，不愿意谈论感情生活，更不愿谈论性生活。如果他们受到了伤害，那么外人很难发觉他们的伤口，他们隐秘地掩盖着伤口长达几年之久，直到某个时候出人意料地爆发出来。

可为什么塞尔维亚要说谎呢？为什么如此执着地往我身上泼脏水？先前，无论是对于伍德的情色杂志的不满，还是对她女儿们怪异行为的无奈，我哪次不是站在她这一边的？可她却恩将仇报，和莱因哈德勾搭在了一起，想来，这是她这么久以来对我做出的唯一报答。她就是一条潜伏在我身边的毒蛇。如果真的是她谋杀了伍德，那我真心希望她不得好报，受到应有的惩罚。为了保障我和孩子们的安全，我恨不得离她越远越好。

如果我的这些推论成立，那塞尔维亚无疑就是一个冷血的杀手，而莱因哈德就是她的帮凶。假如我把这件事曝光，那么他们两人都会进监狱。但科琳娜和诺拉该怎么办，我是看着她们长大的，尽管现在她们处于青春期，性子古怪，但我仍然很喜欢她们。可如果塞尔维亚入狱，她们就会在失去父母的情况下长大，同样，我的两个孩子也必须到监狱才能见到父亲，我真的愿意这样做吗？我思来想去，脑子一片混乱。

瓜和梨子这样简单的事物往往充满艺术趣味，并且被画家路易斯·梅伦德斯选中，画在一幅静物画中。大约公元 1770 年的时候，大规模地流行推崇单纯的美学，放弃任何讽喻性质的内容。梨子在众多水果中显得十分无害，且没有任何隐含的寓意，很容易令人想起女人，这让它受到了大力的推崇。而以往因为有许多籽，象征着富饶和多产的甜瓜，反而被人们冷落了。

在这幅画上，光线从左边斜斜照过来，照在几个触手可及的水果上。这里面有粗糙的农田瓜，熟透了的黄色的梨子，后面的柳条筐被一块布遮盖住了，无法看到筐内的具体内容。只能从筐边看到褐色的森林野蘑菇，隐隐透露出筐内所放的物品。旁边则是一些日常厨房用具，如浅褐色木勺和一个同样浅褐色的碗壁很厚实的陶碗，与饱满且充满活力的画面前景形成了强烈的对比。不过大自然的美也不是完美无瑕的，这上面的每一个梨子身上都是斑斑点点的，或许是因为从树上跌落，或许被小虫叮咬，尽管看上去依然鲜美可口，但内里已经腐烂了。

当拉拉从好朋友家里回来时，脸上带着十足的倦意，且不太愿意开口说话。她应当与我相反，肯定不会经历诸如偷听、反复思索这样的事情，而是在叽叽喳喳、嘻嘻哈哈中度过的。当我想把她拉到怀里抱一抱时，她忽然哭了起来。先是伊穆克，接着是我，现在换成拉拉，女人们似乎天生就爱哭。"宝贝，你怎么了？"我问，试图安慰她，但她倔强地在我手臂里站得直直的。

"你是个坏女人！"她哭着说，然后转身跑回了自己的房间。我吃了一惊，追着她也走了进去。

我哄了她许久，花了相当长的时间，她才告诉我事情的真相。原来她在回来的路上遇到了科琳娜，科琳娜对她说了我和她父亲互相偷情的事情。

"你和伍德睡在了一起！你背叛了爸爸！"我的女儿看着我控诉。

无论我如何发誓和解释这只是个谎言，可依然无济于事，拉拉并不相信我的话。"你听我说，"我说道，面上做出和她一样惊讶的表情，"这是塞尔维亚编出来的谎话，很快就会消失的。我现在就去找她，让她马上收回这些荒唐的话。"

拉拉的好胜心立刻占了上风，她表示要和我一起去，好保住我们家庭的名声。

"不，"我说，"这样不好，我想这件事还是由我和她单独解决比较好。"

塞尔维亚怎么可以如此恣意妄为，甚至把自己的女儿也牵扯进这件事中。她明明知道这个年纪的小女孩，即便是叮嘱她们严守秘密，她们也会把所有事情一股脑告诉自己的好友的。

我毫不迟疑地坐进汽车，踩着油门飞驰而去，在路上甚至还闯了一个红灯。这种不谨慎的行为把我自己都吓了一跳，也让我慢慢冷静下来，现在这种关键时刻，我不能犯任何差错，让自己陷入被动。我心里紧张万分，甚至期待此刻塞尔维亚和两个女儿不在家。但是，如果莱因哈德也恰好在那里，又该如何是好？

塞尔维亚女儿们的房间在二楼，从里面传出一阵音乐的声音。我敲了敲门，塞尔维亚立刻应了门，她对我的到来有些吃惊，但依然不露声色地说："进来吧，咖啡还是茶？"

我带着几分疏离的礼貌说："如果不麻烦的话，就咖啡吧。"

她没有看我，而是转身钻进了她那间高级厨房里，开始操作一台大型意大利咖啡机。"你根本想不到前几天有多忙，"她大声说着，"要把下葬所需的全部证明开齐，要安慰孩子们，还要招呼亲戚们，幸好你没被牵扯进来。"她走到柜子前拿杯子，又问："要糖和牛奶吗？"

"黑咖啡。"我沉着嗓子说道。

她又花了相当长的时间找到一盒苏格兰小饼干，将其精致地摆放在一个银碗内。尽管之前我经常到塞尔维亚家里来，但还从未以一个出轨的妻子的身份观察过她的房子。

莱因哈德最近曾指责我说："我们的房子已经不适合你了。"但我并不喜欢那种紧随当前时尚的装饰，在我眼中这仅仅意味着有钱，却毫无自己的个性。我看向那张鸭绒沙发，它被一块极具乡村风味的花布罩住了，甚至于还不如我家的木质构造让人舒适。我站起来，把一幅歪掉的向日葵画扶正，甚至想到画后面是不是藏着什么秘密。如果抛开那些糟糕的装修，这座房子是很漂亮的，宽敞、明亮，在屋里可以眺望莱茵平原的美丽景色，花园内还种着多年的胡桃树。我素来喜欢这些有钱人家的拱形窗户。

塞尔维亚在厨房内花了相当久的时间，从前就连煮咖啡都是伍德代劳的。有那么一会儿，屋子里甚至一点声音也没有，只有从孩子们房内传出的咚咚声。

当她终于把煮好的咖啡和牛奶胡乱地端上来时，我终于鼓起勇气开口道："拉拉刚才哭着回来了，因为她在街上遇到了科琳娜，科琳娜告诉她我和伍德有染，而这件事似乎是你告诉她的。"

塞尔维亚的脸红了起来，似乎在考虑是否要承认这一切。但她很快便以一副高傲的语气说道："毕竟这是事实，孩子们早晚会从别人口中听说的，与其这样，还不如亲口告诉她们的好。"这番话让我惊讶得目瞪口呆。

"但塞尔维亚，恕我直言，这里面没有一句话是真的。也许伍德有过这样的想法，但作为你的好朋友，我从来……"

塞尔维亚从鼻子里哼了一声，说："少来这一套了，安妮，虽然伍德现在死无对证了，但我手里还有别的证据。"

这不可能。我像是针对犯人那样质问塞尔维亚，并信誓旦旦地对她做了保证。可她依然相信自己脑中那些莫须有的想象，我不由得气急，说道："就是因为你相信这种胡言乱语，所以才会去勾引莱因哈德！"

　　以往看起来十分胆小的塞尔维亚此刻忽然像变了一个人似的，脸上带着贵妇人一般的自信。她并没有否认什么，并对自己这样的行为引以为傲："这件事已经不能简单用合情合理来解释了，这是一种讨债和还债。"

　　我反复搅拌着手里那杯黑咖啡，脑中却忽然想起那瓶一直不敢提交的苦饮料，我该在这个时候说起葡萄柚果汁里面含有毒药的事吗？于是，我也换上一副贵妇人的姿态，但说话的时候，内心却直打鼓："我近来喝了许多饮料，可能像我祖母一样，也得了糖尿病。咖啡对我来说并不能止渴，抱歉，能不能给我一杯葡萄柚果汁？"

　　我和她之间从未这么客气过，如果放在从前，我会直接到厨房去倒一杯矿泉水喝。但塞尔维亚听了这样敏感的话语之后，连眉毛都没动一下，而是尖酸地说道："这是我特地为你煮的咖啡，可你现在却告诉我不想喝了？对不起，我家除了苹果泥外，没有别的果汁。"

　　"但上次我们来帮你找眼镜的时候，"我说，"我看到过有葡萄柚果汁的。"

　　"在哪里看到的？"塞尔维亚挑起眉毛，问道。

　　我性子里的懦弱又涌了上来，于是只能嘟囔道："不知道，可能在地下室吧！"

　　我曾经的好友站起身来朝外走去，我应当也跟上去，好指给她果汁在哪里。她从头至尾都没有正眼瞧过我，却在此刻给了我一道狠戾的目光。

　　走到陡峭的楼梯前时，她示意我先走，我内心有种不好的预感。当我踏上第二级台阶的时候，脚下忽然绊到了扫帚上，接着整个人顺着黑乎乎的楼梯滚了下去。

　　我躺在下面，大口喘着粗气，疼痛加上愤怒，让我不由得大喊起来，但上面毫无动静。缓了几分钟，我挣扎着努力站起身来，打开电灯，小心翼翼地沿着楼梯一步一步爬了上去。我怎么会这么笨呢？

在没有任何人陪同的情况下，闯进了一个凶手的家里。

地下室的门没有上锁，塞尔维亚也不知去向。我咬紧牙关，拖着疼痛的身子坐进车内。身上所有的骨头都疼痛难忍，我把车子开得很慢，几乎连离合器也踩不稳，狼狈地逃离了塞尔维亚的家。

拉拉好奇地等在家里，还未等我掏出钥匙，她便替我打开了门。

她探究地看着我，当我一瘸一拐走到沙发前坐下时，她叫道："你怎么了？出车祸了吗？"

"也算是吧！"我说，"塞尔维亚把我从楼梯上推了下去。"

拉拉愣住了，似乎在想着什么。在她看来，塞尔维亚这么生气的话，那就表示我的确有错。

"可能是伍德对她说谎了，"我抱怨道，"因为她真的相信我和他有什么，可惜，现在谁也没办法亲自去问他了。"

拉拉看我这副模样，脸色开始发白。我请她帮我煮一杯药草茶，另外还让她帮我把急救箱拿过来，用绷带替我包扎一下受伤的脚，再给我一片止痛药。其实我并不想让只有十岁的女儿照顾，好像我是个小孩子一样。尽管听上去很美好，但实际上这已经完全超出她的能力范围了。没一会儿，我就打发拉拉和尤思特出去帮我买一些彩纸和画画用的本子。我不想再犯同样的错误，因此再三交代拉拉，千万不要和别人说起我受伤的事，还有塞尔维亚的那些谎言，连一个字都不要提。"那苏西呢……"拉拉问道。我坚定地摇了摇头，她便不说话了。

除了脚上的伤痛，我的头也一直在嗡嗡作响。或许到了明天，才会有瘀青出现，被别人看到一定会很尴尬。人们或许会以为，是莱因哈德打了我。我应该去寻求莱因哈德或露西的安慰吗？我拿起电话，但复又放了下来，最后，我在电话里找出了伊穆克的电话号码。

她接起电话，那端传来轻轻的一声"喂"。

我简单问了问她的现状，并没有提及自己的事。问她最近有没有想到其他的事，有没有什么需要告诉我的。

"我不知道那件事算不算重要，"她说，"不久之前，我看到塞尔维亚和莱因哈德站在窗子后面，但他们没有什么亲密的行为，可能是因为两个孩子都在家吧！"

"那他们在做什么呢？"我问道，同时对自己这种近乎于偷窥狂的行径感到羞愧。

"他们取下一幅画着向日葵的画，画的后面是一个保险柜。可是，他们打不开柜子，塞尔维亚在书桌上翻了很久，应该是在找密码。"

我问她这是发生在伍德死之前还是死之后的事。

"当然是死之后的事。"伊穆克肯定地说，似乎早就弄明白了这其中的所有事情。

我竟然让一个有精神疾病的姑娘去当间谍，这让我的内心十分不安。

"你的心理医生知道你在监视莱因哈德吗？"

"不知道。"伊穆克回答说，毕竟她也没有必要每件事都给出一个合理的解释。

我向她道了谢，挂掉了电话，顿时感觉浑身的力气都被抽走了。原来是因为钱，这就是塞尔维亚处心积虑要做的事，证券、现金、房契……已经足够令人垂涎不止了。看样子无论塞尔维亚今后如何挥霍，这些钱也都绰绰有余了，她也一定是用钱来勾引莱因哈德的。

我现在安全吗？我不应该跟塞尔维亚提葡萄柚果汁的事的，如果她反应过来，知道我已经看穿了她的阴谋，那她必定会对我下手的，楼梯上的事足以证明一切。我从来没有想过，她会真的对我下毒手。女人不会做这样的事，直到现在，我还对此深信不疑。

当电话响起的时候，我不由得有些激动，这会是塞尔维亚，还是莱因哈德？又或是伊穆克有了新的消息要来告诉我？可当我拿起电话，却发现是我的母亲。"小老鼠，最近没有你们的消息，怎么样？过得都还好吧？"她问道。

"很好，很好。"我说，"一切都很好。"从电话里熟悉的嗡嗡声，我知道她正在调节那张病床的高度，让自己可以坐起来，显然，她正在为一通长久的电话调整舒适的坐姿。"你四十岁的生日快到了，想要什么礼物？"

"妈妈，还有好久才是我的生日啊！"我大声说道。

"没关系，好事多磨。"她说。

我忽然想起一部希区柯克的电影《后窗》，讲述了一个摔断腿的摄影师由于在家养病时无事可做，就每天通过窗子向外看，发现了许多可疑的状况，最后推算出一起谋杀案。我的腿虽然也痛得要命，但毕竟还可以动弹，大概只是扭伤而已。但我依然要好生休养，就如同杰弗瑞一样，被拴在了家里。究竟是好事还是坏事，我无法确定。但无论如何，我都有充足的时间可以好好思考一番了。因此，谁也别想指望我能在七点半就把晚餐准备好。

莱因哈德和塞尔维亚究竟是什么时候勾搭到一起的呢？是我带着孩子们和艾伦一起去度假的时候吗？我母亲曾强调，女人千万不能把丈夫单独留在家三个星期。但那张神秘的餐厅小票迄今也还是个谜，也许塞尔维亚所提出的重建骑马厅只是个借口而已，为的是能和莱因哈德每日在马厩里幽会。

那伍德又是怎么一回事呢？塞尔维亚为什么会怀疑我呢？或许她把一种新的剃须水看作是出轨的借口，又或许是在伍德经常翻看的情人杂志上看到和我相像的形象，就觉得抓到了不得了的证据。从种种迹象来看，她一定是把各种错误的信息拼合在一起，得出了一个荒谬的结论，并对此深信不疑。这种思维方式我并不陌生，我觉得自己的感觉始终是正确的。

也能想象得出，伍德的确是对想象中的情人心急火燎，塞尔维亚知道他又有了一个"目标"，但却弄错了对象。不对，我不该试着替她辩护，更不愿意尝试去理解她。她的这种自负的行为，不仅后患无穷，而且还无耻地对我进行了主动攻击。

我手边既没有图画本，也没有铅笔，于是干脆把尤思特的书包从桌子下面钩了上来。我找出一支彩笔和一本只剩半本的数学作业本，吃力地写了起来：

1. "塞"杀了伍德；
2. "塞"抢走了我的丈夫；
3. "塞"处处散播谣言，说我和伍德有染；
4. "塞"谋害我。

目前我只能想到这些，但这些已经足够判她死刑了。或者看在以往的情分上，判她无期徒刑吧，我大方地想着，毕竟我们还是亲戚。

第十九章 棋局

法国巴洛克时期的作家鲁宾·鲍金在他的一幅写生画中完美表现出了五感。他并没有利用过多的小件物品或者素材进行夸张或衬托，而是十分严谨冷静，颇具有教育意义。画面中，一个透明圆花瓶中，插着三枝玫瑰红色的丁香花，并不十分艳丽。半本五线谱压在一把琉特琴下，手工乐器的精致弧形一览无余。还有一杯红葡萄酒，一个白面包，相对于墙壁，它们的轮廓十分明晰完整。浅色的栎树桌子上还放着一副纸牌和一只深绿色的丝绒钱包。不过最引人注目的，是那个黑白相间的棋盘，棋盘规则的几何图形和不规则的花朵、面包还有遍布皱纹的钱包形成了强烈对比。

琉特琴表示听觉，葡萄酒表示味觉，丁香花表示嗅觉，纸牌代表视觉，不规则的面包则表示触觉。而那张棋盘象征清楚明了的心智，也算在五感范围之内。只有谜一般的第六感看起来似乎超越一切，无法通过画家的作品来具体感知。

有许多天才一般的棋手，他们只凭借数学和逻辑推理，一步一步让对方陷入死局。也有一种棋手，利用高超的思维能力，可以感知到对方的弱点在哪里，进而抓住机会，跻身前列。不过，这种感知技巧在电脑面前却不甚奏效。

我许多下意识的直觉都处于神经质一般的疑心病以及丰富的创造力之间。那晚，我一只脚疼痛难忍，心脏也开始不舒服。我躺在沙发上，决定不能再自怨自艾下去，而是要集中精力，解决眼下的所有问题。

我指导孩子们做饭，以及把成品食物加热。他们最后浑身都沾满了番茄酱汁，端着盛着热乎乎意大利面的盘子来到沙发前，一边看着电视，一边蹲在地上狼吞虎咽。尽管莱因哈德在巴克南长大，从不习惯使用刀叉和餐巾，但看到孩子们所养成的这些糟糕的习惯，应当也是无法接受的。尤思特的肚子被撑得圆滚滚的，凸显出来，我几乎能想象到莱因哈德说："如果我的尤思特还没吃饱，那么我的母猪……"不过孩子们却对这个晚上印象极其深刻，他们保证，等莱因哈德回来就立刻回房。"我必须和爸爸单独谈谈。"我做出一副神秘的模样。

莱因哈德没有看到我和孩子们待在一起，但他看到我包扎着的一只脚和一副痛苦的神情时，立刻吃惊地叫道："你这是怎么弄的？"不知道究竟是出于真心，还是表面的伪装。

我再也忍不住了，一股脑把所有事情都说了出来：塞尔维亚、塞尔维亚、塞尔维亚！她跟莱因哈德偷情，现在无法抵赖了！另外，她还逢人便说一些谣言，诽谤侮辱我。并且还不满足，还对我下毒手，准备谋杀我，她对伍德也做了同样的事。

莱因哈德不住地摇着头，但却并不打断我的话。最后，他问我："你看医生了吗？你的脚必须去照一下X光，不过我觉得你是一头栽下去的。"

我脑中一片混乱，有些不知所措，只是把拉拉给我盖的羊毛毯掀开，好让他看清我的伤势。此时，我膝盖以下全肿了，我又把裙子拉高，许多擦伤、血迹和乌青也证明，我并不是无中生有。

莱因哈德走到电话旁边，拨通了家庭医生的电话。"我的妻子受了点伤。"我听到他这样说道。

"鲍埃尔大夫过不来，所以我必须把你抱上车，一起开车过去。"他低声说着，然后把我右脚的鞋和一只他的拖鞋递给我。我扶着他，一瘸一拐走向汽车。当我坐进车子之后，才后知后觉想到，也许我们根本不是去找鲍埃尔大夫，莱因哈德或许会把我带到一个郊外采石场，然后把我砸死在那里。

但后来我发现，我们的确是在去诊所的路上，莱因哈德并没有拐到去瓦痕贝尔的陡峭小路上去。但是在半路上，他忽然停下车，问道："我想知道，你怎么会有这么荒唐的想法，说塞尔维亚杀死了伍德？"

我应该在此刻把戈尔德的化验结果告诉他吗？就好像几个小时前，我去找塞尔维亚，亲手把自己送上门。现在，我又落在莱因哈德手里。此时此刻，我受了伤，毫无反抗之力，既然先前开了头，那么干脆就把话说完。

"你把那瓶有毒的果汁偷偷从伍德的床头柜上拿走，丢在我们的垃圾桶里。"我说，"那就可以推断，这是塞尔维亚让你做的。谁也无法去除你的嫌疑，你也应该清楚她的阴谋的。"

"等等，"莱因哈德说，"我承认，我因为受够了你无聊的把戏，跟塞尔维亚上过一次床。但她让我把瓶子丢掉时，给了我一个很充分的理由。"

我顿时明白了，塞尔维亚说伍德经常把晚上需要服用的药丸溶在果汁里，方便服用。如果医生想要化验死者旁边的果汁，那么不但十分多余而且浪费时间，还会带来不必要的麻烦。"那时候我们打电话通知她的时候，她悄悄让我把瓶子扔掉。"莱因哈德说道。

"你怎么这么蠢！"我责备道，"你这不是自欺欺人吗？人们都只会把药片溶解在杯子里，而不是瓶子里。再说，果汁里的药物也不是混合药片，而是伍德的心脏滴剂，剂量大到可以毒死一头牛。伍德的床头柜上根本没有杯子，只有一把备用的勺子。塞尔维亚是杀人凶手，那你就是帮凶，脱不了干系！"

我从他明显增长的怒气中感觉到，他已经被逼到了极端。"如果不是你和伍德肆无忌惮地上床，"他粗鲁地骂道，"那么什么都不会发生！我也绝不会和塞尔维亚有染！你应该很清楚，她根本就不是我喜欢的类型！"

"走吧！"我大声说道，"已经很晚了，鲍埃尔大夫还在等我们。另外，恰恰和你相反，我从没有做过什么背叛婚姻的事，我跟伍德之间什么也没有。如果塞尔维亚不是你喜欢的类型，那么伍德就更加不是我喜欢的类型了。如果你不相信，现在就把我放下车，我一分钟也不想待在这里了。"

这一招非常奏效，他终于发动汽车向前开去。我们一路相对无言，到了诊所，我费力地从车里钻出来，莱因哈德甚至没有扶我一下。而是坐在候诊室里，默默看着前方。

鲍埃尔大夫协助我躺在椅子上，希望知道这一切是怎么回事。

"就是个意外！"莱因哈德透过打开的门喊道。

鲍埃尔大夫笑了起来，开玩笑似的说："不会是你动手打了你的妻子吧？"

这句话我敢肯定，之后我会不断听到。"不小心从楼梯上跌下去了。"我说。

"这是哪个天才包扎的？"他继续研究我的腿，摇了摇头，把拉拉裹上去的绷带解开。"明天你身上就会有美丽的瘀青块了，不过今晚可能会比较疼，万幸没有骨折。我给你敷上一些消肿止疼的药膏，你丈夫这几天都得抱着你行动了。"

我心里却还想着别的事情。"大夫，"我说，"您还记得之前我们死去的那个朋友吗？就是躺在床上的那个，他是不是真的无法吞咽药片？"

鲍埃尔大夫摇摇头说："我不能泄露病人的隐私，哪怕已经过世也不行。这件事你可以去问问他的妻子，把所有的药片都溶成液体可是件非常麻烦的事情。"

莱因哈德就在外面，他应当明白我之前说的并没有错。

回家的时候，因为想起了一些重要的事情，他又在半路上停下来，说："你可能搞错了，她不可能杀人。我忽然想起来，你之前曾经当着我的面把果汁都喝了，可你并没有什么事。难道你是个妖怪，能够化解掉里面足以毒死一头牛的毒药？"

我只得把当时做试验的动机解释了一番："那根本不是原本放在伍德床头的瓶子，我只是想看看，你是不是会无动于衷地看着我死去。"

莱因哈德再也忍不住了，情绪濒临失控，甚至开始说起斯瓦本口音来："呸，我怎么会娶了你这么一头母猪！根本不给我一天安生的日子过！"他当时的确以为我的心脏会出什么问题，因为瓶子里的确还残留有一些药物。

"我把瓶子里的毒果汁藏起来了，"我说，"然后戈尔德化验之后证明……"

莱因哈德忽然倒起车来，他把车开到路中央，说："我们现在就去找塞尔维亚，我倒要听听，她对此有什么要说的。"

我急忙制止了他，说现在已经太晚了，而且我们也不能这么贸然地找上门去。但莱因哈德却认为，既然事情已经发展到现在这个剑拔弩张的地步，那么不打招呼上门是最好的选择，可他最后会选择和我站在一起吗？

但此时此刻，我已经没有力气折腾了，我只得说："对不起，莱因哈德，我现在浑身都很疼，我只想赶紧吃完止痛药，敷上药膏之后上床休息，有什么事情，明天再说也来得及。"

莱因哈德看我一副有气无力的可怜模样，便不再坚持，重新掉转车头，往回家的方向开去。

孩子们还没有睡，而是一脸倦意地坐在电视机前。莱因哈德不得不把我们全都赶上了床，对我说话的时候，语气也稍稍温和了些。

之后除了医生开的止痛药，我又多吃了一片安眠药。

但半夜我还是醒了过来，因为关节被包扎的地方有些发热。太讨厌了，生生打断了我刻意制造的深睡眠。我看了看，莱因哈德躺在他那半边床上，正规律地打着呼，原来是尤思特爬了上来。"我做了一个噩梦……"他嘟囔着，然后轻轻叹了口气，原来妈妈的怀里才是最安全放松的地方。尽管骨头依然疼得厉害，但面对八岁的儿子，无论何时我都是敞开怀抱的。

然而我自己也做了一个不甚愉快的梦，在梦中，我把到访的计划提前了，塞尔维亚用伯爵茶招待我们，还特意用上了立体雕花茶壶。那是我上大学的时候，去苏格兰旅游买回来的。我在一个旧货商人那里买到了这个四角形带有绿花的茶壶，并把它包在毛衣里，辛苦地背了六个星期才带回来。每次看到它，我都会回忆起自己第一次赚钱外出的旅行，这个茶壶是我很珍惜的一样宝贝，只有重要的客人到来时，我才会用它来泡茶。可现在它却出现在塞尔维亚的玻璃桌上，因为莱因哈德把它作为新婚礼物送给了她。我无比气愤，恨不得立刻把莱因哈德叫醒，狠狠责骂他一通。

第二天我醒得很晚，我睁开眼时，外面正在下雨。莱因哈德可能已经到办公室去了，孩子们争吵的声音透过敞开的房门传了进来。

我的安全感只持续了短短几分钟，当我伸了个懒腰之后，我不由得又想起了昨天的事。我和莱因哈德达成一致了吗？我们打算何时去找塞尔维亚这个可怕的女人呢？

我一瘸一拐地走进浴室，孩子们看到我便安静下来，拉拉十分贴心地替我放好了热水。当她看到我身上一块一块的瘀青时，也吃了一惊。我刚要下水，尤思特忽然在电话旁边冲我招手道："爸爸来的电话！"

我接起来，只听莱因哈德在那端说："我四点钟下班，你最好在这之前收拾好自己，我觉得塞尔维亚肯定会在家。"他绝口不提我的伤势。

我不由得刻薄起来："比起我，你更熟悉她的习惯！"

热水并没什么用。孩子们帮我泡的茶也无法唤醒我的食欲，而他们无微不至的关心已经让我有些心烦了。我真是个可怜虫。还没到四点，我就已经穿好了衣服，并在手提包里装了咖啡、止痛片和一把刀给自己壮胆。这次，应当不会像上次那么狼狈了。

莱因哈德准时回来，并在外面按响了喇叭。

我仿佛生死离别一般抱了抱孩子们。

"你们去哪儿？"拉拉有些怀疑地问道。

为了让她安心，我胡乱编了个借口搪塞她。

这次是科琳娜过来开的门，语气不甚友好地说："她不在家。"

"你妈妈什么时候回来？"莱因哈德问道。

这个瘦瘦的姑娘耸了耸肩。如果塞尔维亚去了马场，那么她通常会待相当长的时间。我内心有些庆幸，因为在我看来，似乎躲过了一劫。

我们重新坐上车，莱因哈德没有吱声，过了两条街之后，我发现他正在往骑马俱乐部的方向开去，这是我始料未及的。

与此同时，塞尔维亚开着伍德那辆笨重的车从对面驶来。莱因哈德按了按喇叭，闪了几下车灯引起她的注意。然后他下车走到她车边，说了几句什么，接着我们的车掉转车头，跟在她后面，再度来到了她家门口。

我们在客厅坐下，塞尔维亚直接给莱因哈德端上来一杯啤酒和一份土豆片，她没有招待我任何东西，而她自己似乎也没什么食欲。她看了看我们严肃的表情，开口说道："真抱歉，是我的错，让安妮不小心绊到扫帚，摔了一跤。"

"什么叫作'不小心'？"我生气地问道，"你是故意伤害！你害得我差点扭断脖子，你自己看！"我撩起裙子，将惨不忍睹的腿展示给她看，"而且事后你干脆消失得无影无踪。"

我浑身的瘀青让莱因哈德也产生了同情心，他站在我这边，尖着嗓子说："是啊，这件事的确太过分了！"

塞尔维亚此刻如同一个被告一样，和我们对立着。"你纯属自作自受！"她说道，"你这个自大的怪胎，现在你表现得好像自己从不蹚浑水一样，但事实上呢？你抢走了伍德，你这个放荡的女人！"

莱因哈德再也忍不住了，脱口而出道："你这是欲加之罪！"他冷静了一下，继续说道："你之前告诉我，你有证据证明安妮和伍德有染，但安妮坚决否认这个说法。"

"我的确有证据。"塞尔维亚说道。

"那就拿出来。"我接道。她在屋内踱来踱去思索了一会儿，才有些泄气地说："证据在他的日记本里。"

我绝不相信伍德这样的人会记日记，莱因哈德也同样充满怀疑。"那就把日记拿出来让我们看一下。"他说。

"对，把日记本拿出来。"我也要求着，莱因哈德随之点了点头。

"我拿不到，"塞尔维亚露出一丝苦恼的神情，"伍德把它放在了保险柜里。"

看样子直到现在，她也没能打开保险柜。

"那就请个开锁匠来。"莱因哈德建议道。

塞尔维亚叹了口气，看来密码才是最简单快捷的开柜方式。

我像是做梦一般，脱口而出了几个数字："190965。"莱因哈德和塞尔维亚目瞪口呆地看着我，他们此刻一定在想，既然伍德把这么重要的数字都告诉了我，那我们之间一定有某种不可告人的亲密关系。莱因哈德几乎跳了起来，快速走到保险柜前，按照我提供的数字转动按钮，柜门果然开了。

我坐直身子，朝保险柜内瞥了一眼。塞尔维亚已经贪婪地扑了过去，但莱因哈德离柜子最近，看样子里面既没有黄金白银，也没有钻石和证券，甚至连张裸体少女的照片都没有。唯一有价值的东西，是莱因哈德抽出来的一张百元马克的钞票。另外，还有一个结婚戒指和一个记事本，他把本子紧紧攥在手里。

"在我读这本日记之前，"莱因哈德说道，根本没有去看塞尔维亚宛如乞讨一般伸出的手，"我想知道安妮是怎么知道密码的。塞尔维亚尝试了所有可能的数字，家中每个人的生日、房子编号还有电话号码。所以，这串数字到底是如何来的？"

"这没什么特别的，"我说，"因为这是鲍埃尔大夫的电话。"

塞尔维亚惊讶地看着我，然后快速跑到伍德的书桌前，找到一本记事本，翻看了一阵子，说："这上面并没有写鲍埃尔大夫的电话，或许伍德已经记住了。"

"鲍埃尔大夫先前跟我们说过，"我继续解释道，"伍德经常在奇怪的时间打电话给他。我之所以猜到这个号码，大概是因为这也是我能记住的少数几个号码之一。有孩子的人，总会希望能第一时间接通大夫的电话。"

这个简单的日记本是否真的记录了伍德的感情生活？莱因哈德挨着我坐在沙发上，塞尔维亚一副理直气壮的模样站在我们身后，也一起阅读起伍德的日记来。像我猜测的那样，大约有几个月的时间，记录的全是一些工作上的事情，也有一些私人的事情，比如行程、生日、邀约、缴税、电话等，还有一些乱七八糟的涂鸦。"塞尔维亚，这就是所谓的日记本吗？"我带着一丝胜利的口吻问道。可显然，我高兴得太早了，因为塞尔维亚马上伸出一根手指，喊了起来："这里，就是这里！"她指的地方白纸黑字写着：

今天和安妮上床了，真是这辈子最幸福的事。

我目瞪口呆，一时不知如何回应，这肯定是另一个叫作安妮的人。

但莱因哈德已经愤怒地丢掉手里的本子，破口大骂道："畜生！"

我从地上拾起这个小小的记事本，翻到刚才那一页，不可否认，我的名字的确被写在了伍德的日记本内。

但我依然十分不解，因为除了这行字外，再也没有任何记录个人情感私生活的字句，甚至连感慨都没有，也没有任何关于此的备忘录或者其他什么记录。

"如果先前保险箱一直锁着，你是如何看到这句话的？"我尖刻地问道。

"前不久，这本记事本还扔在他的书桌上，"塞尔维亚说，"甚至连孩子们都可以翻看，后来可能他觉得比较重要，就锁了起来。"

"这是记事本，并不是日记本。"我说，"我对伍德并不了解，但我认为这句话是伪造的，或许是你女儿的恶作剧。"

塞尔维亚摇了摇头，说："不，这就是伍德的字迹，我可以发誓。此外，除了他，谁也无法打开他的保险柜把本子放进去。他为什么会锁起来呢？我估计是因为要记录那些美好的约会吧！"

莱因哈德给自己倒了一杯烈酒，也开始替伍德说起话来："伍德不可能这么蠢的，大家都知道，妻子一旦发现丈夫有外遇，一定会搞得天翻地覆的。"他一边说，一边怀疑地看着我俩。

第二十章 玫瑰刺

塞尔维亚指责了我那些所谓的过错，仿佛占了上风一般，放肆地走到莱因哈德身后，从背后搂住了他的脖子。看到这赤裸裸的一幕，我不由得一阵作呕。幸好，莱因哈德带着一丝尴尬推开了她。

塞尔维亚似乎感觉受到了侮辱，有些委屈地收拾好酒杯，送到厨房里。莱因哈德站在窗前，一脸伤感地看着花园，而我则继续翻看着记事本。我在期待别的什么记录吗？这算是伍德把我当成一个幻想的伴侣的热烈表白吗？尽管这一切都是捏造的，但我内心却莫名有些欢喜。

除了刚才那句话，整个记事本又开始了连篇的无聊记录，我快速翻着，直到翻到其中一页，我不由自主发出一声尖叫。

等你打开保险柜的时候，可能已经过去了相当长的一段时间。我本来以为你足够聪明呢！这些年来，你一直翻箱倒柜查看我的东西，对每一本杂志的封面女郎指手画脚，无事生非。你不相信身边的所有朋友，认为她们都是我的秘密情人。不过今天，你总算知道了事情的真相，那就是我只不过把工作当成挡箭牌，我实际上除了玩女人，一无是处。

塞尔维亚真够笨的。她一开始看了之后还不断叫着："你们看！就是我说的这样！"但直到发觉我们的脸色不对，才后知后觉地知道自己理解错了。

经过大约一分钟的沉寂，我终于忍不住开口道："你就是因为这种莫须有的罪名杀了可怜的伍德！"

这个笨女人不假思索地说："他是咎由自取！"话出口她才惊觉，这几乎等同于自己承认了犯罪的事实，但已经迟了，于是她不得不挽救道："他死于心律不齐，鲍埃尔大夫可以做证！"

现在轮到我来发难了，我尽可能详细地描述了自己是如何在垃圾桶里找到了那个饮料瓶，又是如何请人化验了里面残余的液体。

"你真没用！连这么件小事都办不好！"塞尔维亚越过我，冲莱因哈德吼道，"我告诉过你，让你把瓶子扔在外面的垃圾桶里，可你并没有听！你连这么一小段路都懒得走！却把瓶子丢在了有整理癖的安妮手边……"

"塞尔维亚，"我低声说，"别吵了，我准备报警了。"

玫瑰可谓是花中之王，它的美丽胜过其他所有花朵。雷切尔·鲁伊希在他的一幅名为《花束》的写生画中，画了一枝白里透红的玫瑰花，被各色花卉簇拥在画面的中央。周围都是些常见的花朵：鲜艳的橘色金盏花，蓝色的还亮草，还有一朵白色的野玫瑰。在暗色的背景衬托下，这朵野玫瑰展现出亮丽的色泽，似乎还闪着光。这位女画家在画作上写下了日期：1695 年。她不会知道十九世纪的时候，在巴黎附近的卡尔卡松城堡或是波茨坦的无忧宫里拥有大片的玫瑰园。她的年代里只有一些农家花园，里面除了一些粗糙的果树外，还有蔬菜、药草、一些花卉以及各式各样的玫瑰花。如果有人企图像雷切尔这幅画中那样采一束花，那就必须特别小心花刺。画家尤其细致地画出了那些讨厌的花刺，让人不敢轻易地伸出手来。

我在将来的每一幅写生画中，也都要画一朵小玫瑰作为标记，并且我也绝对不会忘记花刺。我的第一个男友曾经叫我小玫瑰，但他或许想不到，我也是一朵有刺的、自我保护的玫瑰。

塞尔维亚渐渐意识到自己已经处于不利的局面，她无法指望莱因哈德能给予什么帮助，但气势上仍不甘示弱："你们没有确凿的证据！"这话虽然听上去有些蠢，但也不无道理，其实就连我自己也不敢肯定，如果开棺验尸，是否真的能验出毒素来。但此刻我决定赌一把："塞尔维亚，我已经都调查清楚了，即便是过去好几个月，人体内的高剂量毒素还是可以化验出来的，最稳妥的方法就是选择火化。"

我们三人已经完全有了隔阂，为了避免不必要的走动，我依然坐在沙发上，但莱因哈德和塞尔维亚却离得十分遥远。

我很满意地听到莱因哈德对他这位旧情人的控诉："你胡乱散布谣言，把我们的婚姻搅得一团糟！安妮现在把我也当成是杀人凶手，我再也无法和她一起生活下去了！"

原来是这样，他想借这件事来摆脱我！我趁势反驳道："塞尔维亚，你完全可以把他占为己有，跟他在一起你会无比幸福快乐的。每天都开开心心，充满惊喜，用如火的热情开始一段全新的生活。不过我想，在这之前你们可能得忍耐一阵子，因为再怎么算，也要十五年以后了。"

莱因哈德此刻早把幽默感抛到了脑后，他回击道："你们别把我当成东西一样卖来卖去，我宁愿出家，到寺庙里过后半辈子！"

意料之外，塞尔维亚忽然开始忏悔，听起来似乎铁石心肠也会被融化掉。她先是哭诉自己的婚姻悲剧，夫妻生活的不和谐几乎贯穿了她的整个婚姻。伍德似乎一直在追求年轻的女孩子，相比而言，她则吃了大亏。因此塞尔维亚推断，别的女人在和莱因哈德第一次欢爱时，一定十分快乐满足。"比如说，"她带着怨气说道，"你之前说过，他在脚手架上让你……"

莱因哈德满脸通红，他狠狠朝桌子砸了一拳，却不知该用什么话来反击。说实在的，我几乎有些同情他了。

事实上，我现在完全可以态度坚决地给刑侦部门打个电话，结束掉这场无谓的纷争。我有些困难地站起身来，电话离我还有段距离，我把手伸进手提包里，握住了那把刀，随时提防再一次的袭击。但塞尔维亚却一直痛哭流涕地哀求道："别，别打电话！我愿意补偿你！"

这根本不可能。她能让伍德起死回生吗？能让我的婚姻完好如初吗？或者她只是借此来拖延时间，好发动新一轮的攻击？基于好奇心，我没有进行下一步动作，而是问道："那你先说说，你要如何来补偿？"我一边说，一边晃了晃手里的刀。

"用钱吗？"她有些不确定。

"你能给多少？"莱因哈德立刻问道。

他忽然掺和进来，让我十分不爽，因为这么多年以来，我一直跟着他过十分吝啬的生活，就连他母亲都称他为"铁公鸡"。在他看来，一千马克已经是一笔巨大的数额了。不过对于敲诈勒索，他根本一窍不通，而我则另有打算。"我可以不报警，但你必须答应我一个条件。将来你和莱因哈德一定会住在我们那座小房子里，但我也需要一个住所，所以我的条件是，我们互相换房子。"

正在哭诉的塞尔维亚差点笑出声来。"那你恐怕要失望了！我才不会住进你们的棚子里去呢！"她说，"我跟你想的完全不同，现在我在经济上没有什么约束了，也不会再和伍德的工作有所牵扯。我会到德国北部买一座马庄，对于瓦茵哈埃姆，我根本没什么可留恋的。不过我担心，你可能付不起每月两千马克的房租。"

"没错，我付不起这笔租金。"我说，"因此我必须占有它，我想你理解错了，我并不是要租下它，而是要你把它送给我。"

现在不仅是塞尔维亚，连莱因哈德也吃惊地看着我。

"我不会答应的。"塞尔维亚强调说，仿佛我是一个精神病患者，"这房子不属于我一个人，还属于我的孩子们，我无法独自将它送给别人。"

"如果你进了监狱，我想她们会对这笔遗产更有兴趣的。"我冷冰冰地说道，"既然谈判失败，那我现在准备报警了。"

我故意又让手里的刀露了出来，那两人不可思议地看着我，很显然，此刻我完全占了上风。我脑中迅速思索着，很快又想出了第二步棋："我之前写过一份详细的关于伍德死因的笔记，搁在我的律师那里。如果我中途发生了什么意外，那么他就会立刻将这份笔记公之于众。"尽管这只是吓唬他们而编造的谎话，但我后面可以把这件事补上。

当莱因哈德和我回到家时，尤思特似乎已经感觉到了气氛的微妙变化，他立刻抓住机会，说："如果不给我买耳环，那能不能给我买一个电子宠物？"

莱因哈德瞪着他，尤思特吓得一溜烟跑回了自己的房间。

不管我现在思绪究竟有多混乱，我依然得填饱孩子们的肚子。虽然我内心很清楚莱因哈德讨厌鱼刺，从不吃鱼，但还是从冰箱里拿出两条鲽鱼。当我把菜端上桌的时候，发现他已经不见了。没过多久，我便知道他去收拾出一小包行李来。"我还有工作，"他看上去心情颇为沉重，"想在办公室过夜。"我想他终于可以独自一个人，好好想一想发生的所有事情了。

"爸爸好像很烦恼。"尤思特说。

大门被关上后，我有些担心，甚至怀疑莱因哈德是到塞尔维亚那里去吃晚餐了。尽管我相信今天这件事之后，他应当不愿再和我们两人有什么交集了。但本性难移，况且欲望也会推波助澜的。

接下来的几天，我们并没有见面。孩子们想念父亲，时常问起他。"你们可以到办公室去找他，"我说，"不过，他也可能不在，所以最好先打电话问问。"但他们又嫌太麻烦。

早在我们正面对峙的那天，我就已经找了公证人，将一份写着伍德死因的记录放在他那里。我必须时刻怀有警惕，塞尔维亚很可能会再次谋害我。为了更多地掌握具体细节，我请戈尔德帮我列出具体的化验结果。"没问题，小玫瑰，但你得答应和我一起吃饭。"他说。我答应了他。

我在律师的陪同下再次去找了塞尔维亚，因为根据伍德的遗嘱，她是财产的唯一继承人，完全有权力过户房子，并确定搬离的日期。或许这些天的折腾已经耗尽了她所有精力，她做出了全面的让步。我们两人以十分奇特的状态各自忙碌着，在接下来的几个星期里几乎天天见面。塞尔维亚委托一家中介替她找到一座适合的农庄，她开心地把照片和图纸拿给我看。

"或许你应该去问问莱因哈德的意思，"我说，"他比我更熟悉这方面的东西。如果你想全面翻修，那么作为一个外行，是很难估算所需的费用的。"

塞尔维亚拿到了许多带有马厩的庄园信息，她必须一家一家去实地考察。"我可以在那里养马，你想去吗？"她还像以往那样问我，"你的眼光一向很准。"

"带你的女儿们一起去吧，"我说，"毕竟那也是她们未来的家。"

但诺拉和科琳娜并不想搬家，她们觉得搬家、转学、离开朋友是一件十分糟糕的事情，所以干脆不再搭理母亲了。

后来我得知，塞尔维亚的确到办公室去找过莱因哈德，希望他能帮助她，但却被莱因哈德拒绝了。我推测，塞尔维亚在这桩房屋交易中，一定在价格上占了不小的便宜。她在石勒苏益格－荷尔斯泰因州买下了一座面积相当大的农庄，但因为搬家定得太过仓促，只做了一些最基础的翻修工作，接下来的十年时间，她大概要住在一座装修工地上了。

我到现在也没回忆起来，在当初那混乱的一周里，我是怎么完成给艾伦朋友的那幅画的。花园里已经没有勿忘我了，我不得不求助于一本植物图鉴本。但莱因哈德不在家，我便多了许多时间来画画。

以往那些诸如晚间一起看电视、日常聊天唠叨、散步、周末一起吃饭等的事情，全都消失了。我依然十分周到地照顾着孩子们，时常和朋友们打电话，做着琐碎的家务事，但空余下来的时间，我全都用在了画画上。当那幅画最终完成时，我甚至有些难过和闷闷不乐，但同时又有了重新尝试的勇气。现在，我已经完全可以把透视、比例、重叠和光照调整到自己满意的程度了。

一天，我在报纸上刊登了一则广告，并印成传单，到常去的书店和商店里发放。

> 特殊礼物定制
> 为个人珍藏的物品
> 绘制静物写生图
> 联系电话：040431

不久，果然有人给我打来电话，询问价格和绘制周期。莱因哈德之前的一个客户，赫尔默特·罗思德希望可以给他收集的钟表画一幅图，但却没再联系第二次。过了阵子，一个银行经理的妻子来找我，希望可以看看我迄今为止的作品。她想送给丈夫一幅画作为结婚十周年的礼物，按照她的说法，她希望可以画一些有灵魂的物品。比如莫扎特的乐谱，因为他们是在一场音乐会上结识的，一份菜单、一张照片、一片干银杏叶。我打断了她的话，提议道，她可以把这些制成一幅拼贴画，然后用一个漂亮的镜框框起来，干的银杏叶也可以做成这样的拼贴画。她欣喜地说道："好主意！"然后便离开了。

在露西的催促下，高福利特也给我介绍了一单生意。他参加的合唱团正在筹备成立二十周年的庆典，成员们希望送给团长一份特殊的礼物。但遗憾的是，他们没有一个人想到日常的物件。他们所提到的全部都是先前音乐会上的英雄形象，比如《圣经》里面的长发大力士参孙、普尔策尔的小精灵拥抱着仙女，等等。这远远超出了我的能力范围，我根本无法把他们摊在桌子上作画，我不得不拒绝了他们。

因此，当施莱默饭店的老板来电话时，我几乎没有抱任何希望。但意外的是，他的想法不但十分经典，而且极易操作。费爱林格先生希望可以送给他的伴侣，就是饭店里的厨娘一幅画。在以往的许多日子里，他送了她许多珍贵的首饰，于是他希望能将这些戒指、别针、项链和厨房里的蔬菜瓜果组成一幅彩色的图画。这样的要求并不会超出我的能力，我十分兴奋地答应下来。经过一周的时间，我完成了一幅相当漂亮的图画，配上《干净的蔬果》的题字，费爱林格先生对此极为满意。

画面中，一个红宝石戒指和芦笋搭配在一起，青葱上则套着一只耳环，甘蓝上别着一根别针，蘑菇和红萝卜周遭则点缀着珍珠项链。基于主人的意愿，我在画的四角画上了法兰西菊，因为他心爱的女人的名字叫作黛西，也含有菊的意思。

费爱林格先生把这幅画挂在饭店最引人注意的餐柜上方，加上他的推荐，我又接到了其他的委托。虽然挣得不算多，无法满足所有的花销，但维持一般生活所需足够了。莱因哈德每月都会寄来一张支票，这笔钱用在拉拉和尤思特身上也绰绰有余。

圣诞节前夕，我和孩子们搬到了新的别墅中。莱因哈德也告别了办公室那张沙发，重新搬回家里，得以睡在那张红方格的木床上。我现在有许多宽敞的房间可以挑选，但我却无法独自住在这么大的房子内。于是我决定将其中两个房间租出去，这样一来，伊穆克搬进来也就不是什么稀奇的事了。两个孩子各自拥有属于自己的小天地，我把花园布置成自己的工作天地，客厅和厨房由于没有人在，显现出格外奢侈的宽敞空旷。

搬到新房子让我从一开始就心情十分愉快，伊穆克的房间就在拉拉旁边，那本来是伍德死去的房间，但她并不知道。她和我女儿兴趣相投，很快成了好朋友，每到周末都和她一起做蛋糕，给她读赫尔曼·黑塞的诗。

我也终于给自己买了一张我母亲口中所谓的健康的床，并把它放在伍德之前的工作间里。终于，在这个房间里，我的睡眠变得极好，再也没有莫名的古怪东西来打扰我。我也终于有机会让蜘蛛在房间里自由活动，这放在从前，是绝对不可能的。现在好了，柔软的蜘蛛网包围着我、保护着我、守候着我。

大概四个月之后，比尔斯特告诉我，莱因哈德新交了一个女朋友。他在一次参观装有太阳能设施的住宅时，认识了一个女建筑师。她一直失业在家，在和莱因哈德讨论供暖系统的时候，两人产生了感情。之后，他们便在一起了，这让比尔斯特失去了她的工作。因为这个叫作马尔蒂娜的女人接管了所有办公室的工作，并包揽了洗衣和其他家务。而且，她很擅长做鸡蛋面疙瘩和意大利水饺，简直可以称其为专家。拉拉时常去看她的父亲，她回来告诉我，莱因哈德叫他的新女朋友为"小宝贝"，而马尔蒂娜则叫莱因哈德为"莱宝贝德"。而莱因哈德被不断地纠正教育，终于学会了正确分类垃圾。

拉拉好奇地问她父亲，会不会和马尔蒂娜结婚。他却嘟囔道："鬼才知道。"

我的丈夫显然过得不错，我该感到高兴吗？可惜我并不算是个仁慈的人，此刻我感到十分生气，甚至还有些哀伤，我打心底拒绝接受这个新来的女人。我让拉拉详细描述那个女人的长相。"很普通。"她说道。

"她穿什么衣服？"

拉拉想了一会儿，说："不知道，也没什么特别的，你自己去看呀，自己去看嘛！"可我有自己的骄傲，我不愿主动过去。

心情好的时候，我会制订许多计划，好庆祝四十岁的生日，还计划和艾伦一起出去旅游、画画，把房子装饰得更好，还要去上一个雕刻艺术班，或者举办一个展览。我甚至想要在春天到来的时候，重新修整出一个花园，并思考要不要把塞尔维亚种下的杜鹃花全都砍掉。生活简直太过美好了，只要我愿意，想睡就睡，想做饭的时候再去做饭，完全不必考虑丈夫，只需要把孩子们照顾好就可以。

但也有些时候，就像今天这样，我又会感到莫大的悲伤。我不得不再三克制自己，才不会在难挨的夜晚酗酒。最让我担心的是尤思特，他完全封闭了自己，对我的态度也极为糟糕，时常旷课，即便是睡梦中也常常哭出声来。

我不久前才听说，露西和高福利特办了一场舞会，邀请了莱因哈德和马尔蒂娜，却没有邀请我。相反，我却到比尔斯特家里做客了，除了我还有另外几对夫妇。虽然大家是随意落座，但因为我的原因，不得不改成两个女人坐在一起。她们几乎都用一种狐疑的眼光打量我，极为不友好。我知道，关于我的另一起谣言正在流传：伍德立了遗嘱，把自己的房子送给了多年的情人；塞尔维亚因为我，被赶出家门，后半辈子不得不流落在外。

那天直到很晚才结束，所有人都是成双成对的。回去的路上，只有我是独自一人，没有伴侣可以讨论当晚的见闻，抑或是分享饭菜和其他客人的趣事。到家之后，不单是孩子们，就连伊穆克都已经睡下了。有时候，我会感到一种极大的空虚和寂寞，如果莱因哈德还在，哪怕跟他吵吵架也是好的。

塞尔维亚也一直没有找新的伴侣。不久前她给我来了电话，我们互相交流了不少的事情。毕竟除了共同的曾祖父之外，在其他方面，我们还有许多相通的地方。譬如都没有另一半，都是刚搬家不久，孩子们都没了父亲，等等。塞尔维亚的女儿们近来十分喜爱皮衣，还参加了一个所谓的少年摇滚乐团，每晚都坐着拖拉机游走于每一个小酒吧。她十分后悔把现代的厨房留给了我，因为那时急于装修新家，她几乎没有细细考虑。而且地下室和阁楼都没有被整理过，如果我哪天有闲工夫，完全可以慢慢整理，说不定会碰上意外的惊喜呢！

况且，我已经原谅了塞尔维亚，我并不认为她是破坏我们婚姻的罪魁祸首。所有的一切早在莱因哈德主动接近伊穆克时，就已经开始崩塌了。

虽然塞尔维亚现在的处境都是自找的，但我仍然觉得她十分想念伍德。也许自由和寂寞本身就是一对十分亲密的伙伴，就如同是一对夫妻一样。

图书在版编目（CIP）数据

罗生门玫瑰 / （德）英格丽特·诺尔 著；双木 译. -- 北京：作家出版社，2020. 1
（悬疑世界文库）
ISBN 978-7-5212-0690-6

Ⅰ. ①罗… Ⅱ. ①英… ②双… Ⅲ. ①长篇小说 – 德国 – 现代
Ⅳ. ①I516.45

中国版本图书馆CIP数据核字（2019）第185765号

罗生门玫瑰

作　　者：〔德〕英格丽特·诺尔
译　　者：双　木
出版统筹策划：汉　睿
责任编辑：翟婧婧
特约编辑：赵　衡　李　翠
装帧设计：几何创想
出版发行：作家出版社有限公司
社　　址：北京农展馆南里10号　　邮　　编：100125
电话传真：86-10-65067186（发行中心及邮购部）
　　　　　86-10-65004079（总编室）
E-mail:zuojia@zuojia.net.cn
http://www.zuojiachubanshe.com
印　　刷：中煤（北京）印务有限公司
成品尺寸：142×210
字　　数：150千
印　　张：6.75
版　　次：2020年1月第1版
印　　次：2020年1月第1次印刷
ISBN　978-7-5212-0690-6
定　　价：32.00元

悬疑世界文库

蔡骏策划

悬疑世界打造

[德] 英格丽特·诺尔《罗生门玫瑰》
独特视角、独特环境下的诡异谋杀案

悬疑世界文库

中国类型小说殿堂卷帙

[悬疑世界文库] 魅惑解锁

时间从此分叉

万象森罗 蛰伏如谜

爱与恨正在演绎无数可能

悬疑无界 故事无常

敬请期待